S P R I N G

每一本好書都是一顆種子，
春天播種在你的心田夢土上。

Spring

S P R I N G

每一本好書都是一顆種子，
春天播種在你的心田夢土上。

Spring

S P R I N G

每一本好書都是一顆種子，
春天播種在你的心田夢土上。

Spring

S P R I N G

每一本好書都是一顆種子，

春天播種在你的心田夢土上。

地獄系列
第四部
4
地獄殺陣
「功蓋三分國，名成八陣圖……
中國有史以來最高明的兵法
他竟然從地獄中歸來了。
死亡的腳步，正悄悄的逼近，
到底誰才能成爲這場地獄遊戲

自序

地獄殺陣完成的時候，適逢我的人生經歷了一趟轉折。

研究所畢業，結束學生時代堂堂成為社會新鮮人，所謂的畢業，不像是大學生四年那樣悠閒，還帶著些許哀傷去懷念過去的種種。研究所畢業，除了要面對最後的關卡，一天一天熬夜之外，還多了找工作的壓力，找房子以及搬家的忙碌，不知不覺，我在台中的日子已經結束，此刻我已經在新竹了，穿上了園區公司制服，成為人們口中的科技新貴。

地獄殺陣，也悄悄在這片混亂中，寫完了。

寫的地點不外乎是深夜前往台北的客運上，睡前點著檯燈半夢半醒的片段時光，還有一時衝動，在誠品書店一個小小角落寫下，我記得，那一段是阿努比斯對上伊賀忍者的片段，而我旁邊看書的人發出大笑，我偷偷一瞄，他竟然在看《如何栽種園藝》！（有這麼好笑嗎？愛書人果然好玩。）

寫故事真的是一件很奇妙的事情，我自己的人生在推進，故事中的主角人生也在推進，每每打開一本書，我總能清楚記得，每一個段落，每一個戰鬥場景，每一句對話，我是在哪裡寫的，甚至連當時的心情我都記得一清二楚。也許，別人是用相機寫日記，而我卻是拿寫作當日記。

地獄殺陣，算是一個沉潛的故事，它的戰鬥相對減少，卻是整個系列故事重要的鋪陳，在故事中所描述的神魔逐漸人性化，因為人性能促使他們做出這樣的決定，因為他們也是人寫出來的，因為他們的讀者也都是人。

請打開這本書吧，讓我們一起感受，每一個字裡行間的人性悸動。

Div

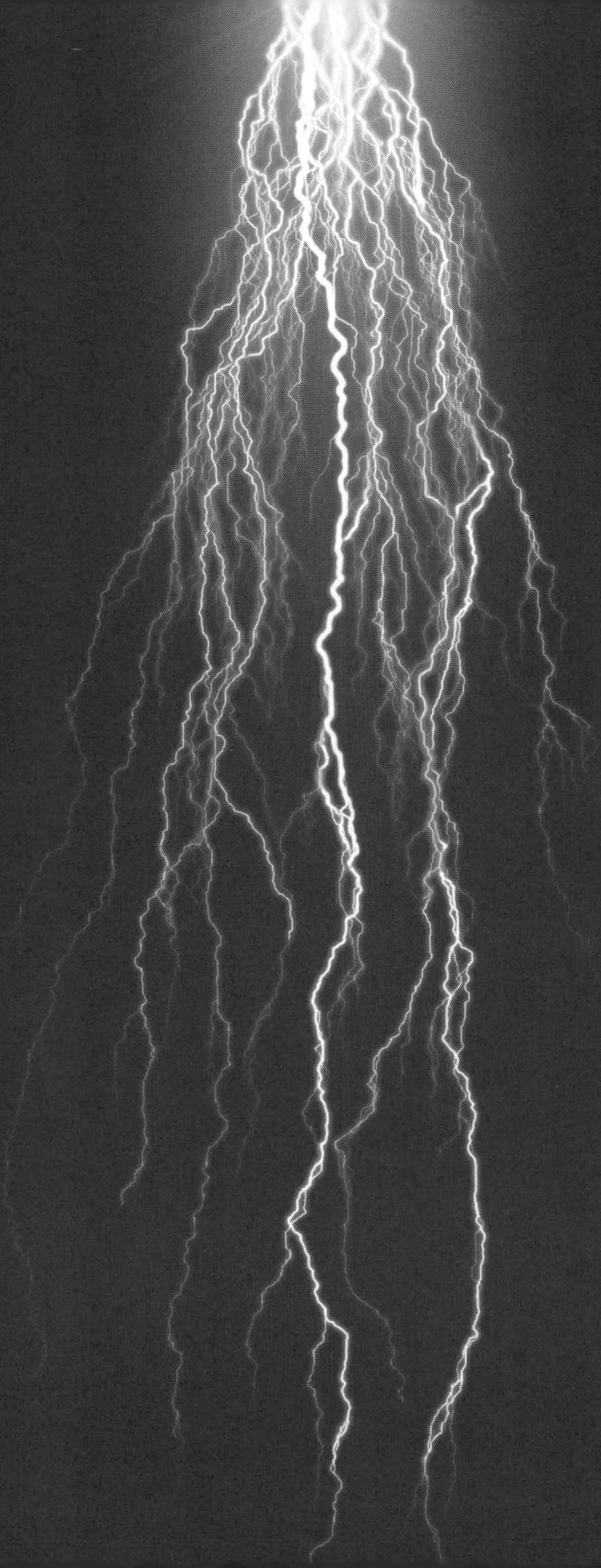

地獄殺陣

目錄

前情提要

「嗨。」黑暗的房間中，一個男人正翹起二郎腿，痞痞的坐著。

他穿著一身寬大的T恤，短褲頭，腳趾頭上掛著搖搖晃晃的藍白拖鞋。

他的身分，不用猜，當然就是擁有三寶的怪怪小神，土地公。

「嗨嗨，大家好，大家還記得我嗎？我是那個從山坡上，輕輕爬上來的土地公啦。」土地公揮了揮手，嘻嘻的笑著。「我很榮幸擔任這個故事一開始的說書人。」

「咳咳，這一集的故事，就從前情提要開始說起好了。」土地公用手摳了摳腳上的汙垢……

……

「台灣島深陷地獄遊戲之中，少年H和阿努比斯雙雄並起，力抗來自黑榜群魔群妖。

但是所有人卻沒料到，台北市史上最強的暗殺者血腥瑪麗，同時在這裡展開了一場殘酷殺戮，先是阿努比斯失蹤，然後是小三陣亡，台北城瀰漫在一片血雨腥風之中。

新竹城方面，少年H統合了新竹王城的力量，甚至網羅了黑榜中的黑桃女王貓女，聲勢大振。而貓女更展現千年大妖的氣魄，和織田信長兩人決戰於新竹光復路上。最後，貓女終於獲得慘勝，在她昏迷前，出現在她面前那個穿著獸靴的人，究竟會是誰？

另一方面，位在台北的法咖啡追到了醫院，見到觸目驚心的畫面，老五Mr.唐被殺，臨死前留下的線索，又到底是什麼？

吸血鬼女終於來到了地獄遊戲，這個在曼哈頓獵鬼小組中穩坐第一的辣手美女，身手到底強到什麼地步？而她與宿敵血腥瑪麗長達數百年的恩怨，會不會在地獄遊戲中劃下句點？

德古拉和亞瑟王雙雙來到這座風雨飄搖的台灣島，他們究竟會替地獄遊戲掀起什麼樣新的高潮呢？

請看，地獄系列第四部。」

說完，土地公起身，拉起椅子往後走去。

慢慢的消失在黑暗之中。

地獄第四部《地獄殺陣》，正式開始！

第一章《醫院夜戰》

深夜，醫院中。

一間單人房，裡頭的燈已被調暗，而門外坐著兩個黑衣護衛，正低著頭打著盹。

白色的走廊盡頭，一個人影正慢慢從深黑色的走廊盡頭，慢慢浮現出來，來到單人房的外頭。

他用戴著手套的手，輕輕按住病房門，原本上鎖的門被推開，發出低沉的「喀！」一聲。

他沒有驚動兩旁的護衛，輕輕的鎖上門，然後走到病床邊，凝視著躺在病床上的人。

病床上的人正深深昏迷著，他五官消瘦，滿臉雜亂的鬍渣，約莫四十歲年紀，他正是遊俠團的五大高手之一，Mr.唐。

隨著他身邊的醫療儀器，發出規律的嘟嘟聲，配著他淺淺的鼻息，他完全沒有意識到，有一個不速之客已經來了他的面前。

只見不速之客低下頭，把嘴巴附在Mr.唐的耳邊，輕輕說道：「老五，我回來了。」

瞬間，Mr.唐像是接收到什麼重要的訊息，他沉睡已久的雙眼，倏然睜開，渙散的瞳眸彷彿觸電般，逐漸凝聚成透徹的黑寶石。

「辛苦了。」那人輕輕拍著Mr.唐的肩膀。「這幾天辛苦了，沒有你，這東西早就落到黑榜手上了，女神要復活全靠它了。」

此刻，Mr.唐的眼珠已然凝聚，不再失神無光，眼珠追隨聲音緩緩移動，然後停駐在不速之客之上。

就算在一片無光的夜色中，也可以感覺到Mr.唐瞳孔中，綻放出炙熱無比的光芒。

這是喜悅的光芒。

因為，Mr.唐等待多時的大哥，終於回來了！

「你先睡，別急著起來，我的身體已經恢復了六成……」那人微笑。「現在，該是我們找血腥瑪麗討回公道的時候……」

因為Mr.唐的身體仍不能動彈，所以他的喜悅盡數表現在他的雙眼中，而同時間，那人伸出了手，按在Mr.唐的胸口上，輕輕揉著，看似一個按摩的動作，卻隱含著重大深意。

「咦？」可是，那人的動作才做到一半，就嘎然而止，猛一回頭。

回頭，看著剛才他走進來的那道門。

原本小心翼翼鎖好的門，此刻竟然被人推開，在黑暗中，正輕輕晃著。

沒有半個人影，只有走廊那頭透過來的一條慘白燈光，隨著搖晃的門，在地板上顫抖著。

「是誰？」那人臉色微變。

黑暗中，沒有人回應。

「是誰？」那人聲音放高，又問了一次。

黑暗中，依然沒有回應。

「就算現在我尚未恢復，能趁著我不注意的時候，潛入病房，相信你也不是一個普通角色。」那人沉聲說：「既然不是普通角色，何必學小偷這樣見不得人呢？」

「嘻嘻，嘻嘻……」黑暗中，一個不陰不陽的輕佻嗓音響起，讓人渾身不舒服。「原來你不記得我啦……阿努比斯！」

聽到這個陰陽難辨的聲音，黑衣人身軀猛然一震。

「你怎麼知道我是阿努比斯？」

而且令阿努比斯吃驚的不僅如此，更大的問題是，這個不陰不陽的聲音太熟悉……阿努比斯曾經聽過！沒錯，就在幾個月以前，那場驚心動魄的列車戰役之上！

「怎麼啦，阿努比斯您老忘記啦。」那聲音詭異的笑著，「我以為我和木乃伊二十九聯手把你搞得很慘呢，嘻嘻嘻嘻……是不是啊，車掌大人！」

「列車？木乃伊二十九？所以你是……」阿努比斯臉色驟變，他想起了這個笑聲，就是這個人！他曾經密謀奪取載滿亡靈的地獄列車，更讓自己差點在列車上身受狂暴病毒，淪為另一件殺人兵器。

這麼麻煩的傢伙，竟然從地獄監獄中逃出來了？

「嘻嘻嘻嘻，」黑暗中，那個聲音依然笑著。「阿努比斯啊，你以為你靠著假死逃過了血腥瑪麗的追殺，就沒事了嗎？別忘了，還有我們這一群老朋友，一直在注意著你勒！」

「哼！」阿努比斯冷笑。「沒想到你能逃獄啊……鬼牌小丑！」

此刻，阿努比斯終於從剛才的震驚中恢復過來，接著，他腦海浮現的一個問題，為什麼鬼牌小丑會出現在這裡？地獄列車事件之後，鬼牌小丑不是早就被地獄政府收押了嗎？

鬼牌小丑是自己逃獄？還是另外有神祕高人插手？

地獄政府裡面究竟出了什麼問題，竟然會任憑這麼麻煩的傢伙逃獄？卻沒有任何的通報？

「嘻嘻，不愧是車掌大人哩，在下便是小丑。」鬼牌小丑冷笑。「這次，我可是專門為了你回來的呢！」

「……」

「我這次回來，是帶著偵探辦案心情回來的喔……」小丑嘻嘻的笑著，「看遍地獄人間裡，從蚩尤大魔到地藏聖佛，沒有一個人是真正不死的，貓女也只有九命而已，為什麼你阿努比斯能夠享有這樣的特權呢？為什麼在地獄中木乃伊拔起你的心臟，卻依然殺不死你？在一〇一大樓的陽台上，血腥瑪麗率領百隻吸血鬼偷襲你，一路追擊到電梯之中，終於把你撕成了碎片，可是，你竟然又復活回來了？你的不死祕密究竟是什麼？實在很令人好奇啊，阿努比斯寶貝～」

「……」阿努比斯沒有答話，但是他周圍空氣卻隨著他的沉默而降溫，凜冽的駭人。

「嘻嘻，我猜啊……」小丑發出得意的笑聲，「你一定將靈魂本體隱藏在某個地方吧，我們殺死的都只是你的軀殼。換句話說，只要找到那本體，就能真正殺死你了。」

「哼。」阿努比斯哼了一聲，這聲音沉重而威嚴，令人膽寒。

「我猜的，對不對啊～？」小丑的聲音忽高忽低，在空曠的黑暗中迴盪，充滿恐怖的戲劇效果，「不過，根據埃及《死者之書》的記載，靈魂分離是非常危險而且難度極高的密術，施術者的靈魂失去了肉體的保護，會變得非常脆弱，更重要的是，靈魂本體必須要依賴另一個生命而活……」

「哼。」

「嘻嘻，說了這麼多，也難怪阿努比斯寶貝會不耐煩呀，我說簡單一點好了，阿努比斯寶貝你的靈魂本體，一定藏在另外一個生命體上。」

「哼。」阿努比斯右手慢慢握緊，在胡狼面具底下的雙眼，冰冷殺氣在黑暗中恣意閃爍著。

「我知道你想殺了我。」小丑嘿嘿的笑著，「因為我太聰明了，嘻嘻，只是我也沒有猜出，你會把這個東西藏在這個人身上，太聰明了！太聰明了！我本來還猜你把東西藏在少年H

身上，那我們就麻煩囉，不過想想也不對勁，少年H擁有如此強勁的生命力，恐怕會把你的靈魂本體給侵蝕掉。」

「嘿。」阿努比斯聽到此處，不再發出冷哼，反而輕輕笑了起來。

「你在笑什麼？」小丑的聲音聽起來有些錯愕。

「我笑。」阿努比斯的聲音在黑暗中揚起，「根據故事和小說的定理，越是聰明的人，通常死的越早啊。」

「嘻嘻，你說我是聰明的人？」小丑得意的笑著，可以感覺到他正快速的轉著圈圈。「我猜對了嗎我猜對了嗎？阿努比斯寶貝～你的靈魂本體，真的藏在這裡？」

「我可沒說你猜對。」阿努比斯冷笑。「但是，你剛才的話中卻有一件事，讓我相當有興趣。」

「喔？」

「《死者之書》，是埃及最古老的密典，只有極少數的神祇能夠打開它，你小丑是什麼東西？憑什麼看過死者之書！」

「嘻嘻，當然是……有人給我看啊！」小丑聲音中有難掩的得意。

「是誰？」阿努比斯一凜，聲音低沉。

「你覺得是誰呢？」小丑依然嘻皮笑臉。

「……」阿努比斯沉默了。目前活躍在地獄和人間的埃及古神，尊貴的伊希斯女神當然不可能做這件事，貓女亦正亦邪，但她也不是那種會出賣自己埃及同伴的人，難道是黑暗中的戰神……賽特！

賽特不是答應過伊希斯，不介入這場地獄戰役中嗎？難道他毀約了？可是，賽特雖然是黑暗之神，卻也不失為一個漢子，他真的會做這件事嗎？

想到這裡，連剛毅果敢的阿努比斯都忍不住遲疑了。

《死者之書》裡面記載的強大魔法，不只是靈魂分離的密術而已，更重要的是，它還記載了許多埃及古老而神祕的強大魔法，若是落到了有心人士的手中，危險性等於一顆能同時摧毀人間和地獄的終極核彈啊。

「哼，不管你怎麼看到《死者之書》。」阿努比斯往前站了一步，雙手在黑暗中發出凜冽的靈力。「我都以地獄執法官身分，要將你……就地正法！」

「嘻嘻，」小丑笑了起來，「親愛的阿努比斯寶貝~你想殺我有那麼容易嗎？你忘了我的能力嗎？」

「喔？在地獄列車上，你不是專門召喚死者最害怕的鬼怪嗎？」阿努比斯冷笑。「別忘了，你這招對我可是一點用都沒有。」

「嘻嘻，是啊，因為你怕的是一個神，伊希斯女神，我招喚不來，但是，也請你別忘了……」小丑咯咯的笑了起來。「在這間病房裡面，我可以施展能力的對象，可不是只有你而已啊……」

「咦？」

阿努比斯一聽，這病房中除了自己還有誰？他猛然轉身，眼前的畫面，令原本深沉冷靜的他，也不禁變了臉色。

小丑口中的另一個人，當然是病床上的Mr.唐。

只見他眼睛大睜，嘴巴發出呵呵的怪聲。

彷彿在空氣中，見到了極度恐怖的事物。

「阿努比斯，如果你把靈魂本體藏在Mr.唐身上，我幹嘛那麼笨去殺你？與其這樣，我還不如挑Mr.唐這一根廢柴，殺起來容易的多！」小丑得意的狂笑。「沒想到吧沒想到吧，笨蛋阿努比斯～」

「什麼沒想到！哼！」阿努比斯手一抖，招牌獵槍立刻從他手上出現。「無論Mr.唐恐懼什麼，我都一槍把他砰掉不就得了。」

「是嗎？」小丑冷笑。「我猜，這一次就算是你，也下不了手吧！」

「什麼下不了手……為什麼，咦？」

這瞬間，阿努比斯看到了Mr.唐病榻旁，陡然出現了一個穿著旗袍的人影。

這剎那，阿努比斯竟然猶豫了，以他的兇狠和決斷，竟然在這人面前猶豫了。

會猶豫，並不是因為眼前這個人多麼難纏和強大！也不是因為對方像是伊希斯女神這樣尊貴！

阿努比斯會猶豫，完全是因為這個人不能殺，殺了她，就太對不起Mr.唐這個兄弟了！

眼前這個人，穿著紅色的旗袍，臉上濃妝豔抹，姿態庸俗，手裡高高舉著一個破碎的蟠龍花瓶。

她不是別人，她就是Mr.唐的元配夫人，對Mr.唐如同一隻母老虎，還讓Mr.唐怕到躲進地獄遊戲的真正元兇。

他是唐兄弟的老婆，唐太太。

「你下手啊你下手啊！」小丑大笑。「你殺了兄弟的老婆，我看你還有什麼臉，去當人家的老大？」

「……」阿努比斯拳頭緊握，氣的咬牙切齒。「小丑，你她媽真是一個混蛋。」

「謝謝阿努比斯寶貝～你的讚賞啊！」小丑怪腔怪調的笑著。

「既然我不能殺她。」阿努比斯聲音在憤怒中，找到了一絲冷靜。「我想到一個更簡單的辦法了。」

「什麼辦法？」

「既然我不能殺她。」阿努比斯聲音轉冷。「那我就殺你，不就得了嗎？」

「咦？」小丑一驚。「對啊！阿努比斯寶貝你說得沒錯啊！」

「那你還不死？」阿努比斯剛剛說完，手上的獵槍立刻揚起，一排子彈，從槍口噴出，對著病院的天花板掃了過去。

轟隆隆聲音中，天花板的碎屑不斷落下，夾雜著小丑驚惶哭嚎的聲音。

「別以為變成了紙牌的模樣，就可以躲過我的子彈，這一次，我一定徹頭徹尾把你打爛！」

「救命！救命啊啊！」在一片兇狠子彈的火光併射中，一直躲藏的小丑牌終於現身了。

為了躲避高密度的彈雨，他化成紙牌的模樣，像是一隻黑色的壁虎，在牆壁和如雨的流彈中，迂迴遊走。

阿努比斯則是好整以暇，將獵槍切換成連發模式，一排排的子彈，在空中畫出一道又一道優雅的弧狀波紋，把牆壁釘成千瘡百孔。

密密麻麻彈痕的中央，則是小丑驚惶閃躲的身影！

「當年我在列車上，受到咒語的禁錮，只能使用現在靈力的一成，現在，我就讓你看看我真正的力量吧！」阿努比斯的聲音充滿了脅迫性。「看你這次還能不能再從我手上溜掉！」

小丑一邊發著慘嚎，一邊以曲線的方式竄逃，這落魄的模樣，像極了被殺蟲劑追殺的蟑螂。

終於，這隻蟑螂逃到了病房門邊。

「哼哼，只要我一逃到門外，看你的子彈還能耐我何？」小丑回頭，正準備要嘲笑阿努比斯，眼前的畫面卻讓他馬上噤聲。

因為，阿努比斯手上的獵槍形態竟然變了，槍口半徑足足大了一倍，變成一座小型火箭筒。

「是嗎？」阿努比斯微笑。

「救……救命啊！」小丑知道，就算他躲到十層的門後面都沒有用了！因為，阿努比斯手上的砲彈，絕對可以貫穿這些木頭製成的薄門板，然後把小丑轟成一團爛泥。

小丑才剛鑽進了房門的細縫中，後面一陣火光燃起，卡搭一聲，阿努比斯已經開火了。

轟！

小丑只能選擇眼睛閉起。

任憑時間流逝，感受到來自砲彈射來的強大風壓。

當風壓一停，緊接而來的，就是足以燒毀所有的爆風了。

但是，小丑等了足足兩秒，這股強大的爆風卻遲遲沒有出現，於是，他偷偷地將眼睛睜開半條縫。

從這個細長的眼縫中，小丑看見了一件怪事。

砲彈，停了。竟然停了？

這顆手臂粗細的巨大砲彈，完全違背了自然的定律，有如時間暫停，被一股無形的力量橫鎖在空中，微微顫動著，無法再往前推進一點。

高速運轉的砲彈，像是被某股力量給鉗住，轉速越來越慢……越來越慢。

這是什麼力量？竟然可以阻止阿努比斯靈力結晶而成的砲彈！

就在小丑驚疑不定之際，這時的病房外，忽然響起了一個嬌柔做作的女音……

「哎呦，阿努比斯，沒想到你真的沒死啊。」那女音興奮中帶著陰冷之氣。「還能打出這樣的靈彈，不錯啊！」

「哼，托妳的福……」阿努比斯顯然已經認出這女子的身分。「我還沒死。」

「嘻嘻。」女子笑了起來。「那……我可以再殺死你一次嗎？」

「這一次誰殺誰還不知道呢，是嗎？」阿努比斯冷冷的回答。「……血腥瑪麗！」

此刻，小丑牌像是蟑螂一樣，爬到了血腥瑪麗的背後，呼呼喘氣。

血腥瑪麗，一身大紅的洋裝，左手提著一個繡著蕾絲白色洋傘，右手撥弄著自己的金色捲髮，站在病房外頭，歪著頭，含笑的瞧著阿努比斯。

「台灣的天氣，可真是熱啊。」血腥瑪麗嘟起嘴巴。「不知道比起埃及怎麼樣呢？」

「埃及熱，但是比較乾燥，所以沒這麼溼溼黏黏的。」阿努比斯說著，動了動脖子當作暖身，「幾天不見，聽說妳在台北城幹了不少好事呢。」

「別提啦，唉啊。」血腥瑪麗猛搖頭。「自從殺了那個叫做小三的男人，我好幾天沒有睡好覺呢，老是想起過去那個吸血鬼B族的男人，唉呦，睡眠不足，可是女人美貌的大敵啊。」

「說的也是。」阿努比斯微笑。「像妳這樣愛美的女人，大概被我殺死的時候，都會保護自己的臉吧！」

「嘻嘻，你猜對啦。」血腥瑪麗聽到阿努比斯這樣咒她死，臉上看不到任何一絲不悅。「不過，比起殺小三這樣的男人，我比較愛殺你的感覺呢，我記得那天殺了你之後，我連續睡了三天好覺，天天做美夢喔。」

「喔？」阿努比斯眼睛閃過一絲殺意。「妳是說，用上百隻吸血鬼連續圍攻我的那一次嗎？」

「是啊，還得趁你因為妖刀村正而精疲力竭的時候，用咒術困住你的一身神力。」血腥瑪麗撒嬌的說：「不然，人家真的沒有把握殺你嘛，唉呦，你可以原諒人家嗎？」

「哈。」阿努比斯露出充滿殺氣的笑容。「替我做一件事，我就原諒你。」

「喔，什麼事？」

阿努比斯右手握緊了長槍，蓄勢待發，冷冷吐出了兩個字。「去死。」

「嘻嘻，哈哈，呵呵。」血腥瑪麗笑了起來，越笑越激烈，有如花枝亂顫。

「很好笑嗎？」阿努比斯冷冷的說。

「很好笑。」血腥瑪麗停止了大笑，抬頭，一雙嬌媚的眼睛，竟然變成佈滿陰沉殺意的晶藍色，「因為，我們想說的話，竟然一模一樣！」

氣氛繃緊，一觸即發。

阿努比斯閉上眼睛，默禱著，「唐老五，我剛剛傳了靈力給你，期待你的身體能夠甦醒，不要讓小丑給害了！」

當阿努比斯睜開眼睛，時間已經不容許他再多想，因為，血腥瑪麗已經化作一片淒厲的血紅，對準了阿努比斯，從空中急撲而下！

戰鬥，正式開始！

另一邊，小丑趁著阿努比斯和血腥瑪麗兩大高手對決的時候，悄悄的滑進了病房內，窺視著他的精心傑作。

他的能力是召喚敵人心中最恐懼的事物，並且驅動他們互相殘殺，當年的地獄列車事件裡，他喚醒了獵鬼小組「雷」心中最害怕的人，蘭斯洛。

只是小丑沒想到，雷竟然這麼能打，竟然可以和名列黑榜梅花J的蘭斯洛同歸於盡。小丑此舉，反而去掉了己方的一個黑榜高手，可以說是得不償失。

病房內，全身癱瘓的Mr.唐睜著大眼睛，看著眼前這位「他最怕的人」。

唐夫人。

受到小丑蠱惑的唐夫人，手上拿著蟠龍花瓶的碎片，臉上盡是陰沉憤怒的顏色。

「你怎麼搞的！怎麼打破了這麼重要的花瓶！」唐夫人咬著牙，揮舞著手上的蟠龍花瓶。

「你這個廢物！廢物！」

Mr.唐的眼神中盡是懼色。

在現實生活中，他因為打破了唐夫人心愛的蟠龍花瓶，從此墜入無止境的打罵深淵，唐夫人從此不再給他好臉色看，就算Mr.唐再怎麼努力做家事，還是無法討得唐夫人的歡心。

就在Mr.唐生命遇到如此低潮的時候，恍惚的他遇到了地獄遊戲。

就像水泥遇到土，胭脂馬遇到關老爺。Mr.唐立刻被這遊戲深深吸引，直到有一天，他發現他趴在鍵盤上睡著了，眼前忽然出現了一道門，奇怪的門還會說話。「有夙願的人才能穿過此門，進入地獄遊戲，親愛的玩家，你的願望是什麼？」

Mr.唐愕然，他的願望是什麼？他想起了唐夫人，卻只能模模糊糊抓到一點端倪，囁嚅了半天，始終沒有說出口。

忽然，卡一聲，門開了。

「我們已經確實接收到您的願望，歡迎進入本遊戲……還祝您順利達成願望，離開本遊戲。」

「我已經許願了嗎？什麼時候？」一片渾沌中，Mr.唐走進了遊戲裡，而且後來他證明了，他雖然在現實生活中落魄，卻在遊戲中找到了尊嚴。他選擇了工人職業，努力練功，突破了五十級，甚至成為萬人遊俠團的五大高手之一。

只是Mr.唐萬萬沒想到，無論他再怎麼逃避，唐夫人還是追到了地獄遊戲裡頭，手裡不忘拿著Mr.唐永遠的惡夢——蟠龍花瓶。

「你倒是說說話啊！」唐夫人氣的尖叫，「為什麼打破這花瓶，而且打破花瓶之後，竟然跑去沉迷電動遊戲？你是白癡嗎？你說啊，你是白癡嗎？」

「……」Mr.唐身體顫抖，雙目含淚，任憑唐夫人惡意的辱罵，這剎那，他突然覺得自己的手指可以微微動了，難道是因為夜王老大喚醒了他的身體嗎？

「跑去沉迷電動就算了，你這個笨蛋，竟然還玩到中風昏迷？你才幾歲，拜託～四十幾歲的男人中風，你丟不丟臉啊！」唐夫人劈哩趴拉一陣亂罵，手上的蟠龍花瓶碎片胡亂揮舞著。

「……」Mr.唐覺得自己的身體元氣正在恢復，麻癢的感覺從指尖緩緩爬到了手臂，沒錯，自己正在復原。

難道，是剛才老大傳到自己身體裡面的靈力，正在發揮作用嗎？

「你昏迷了，二十四小時都躺在病床上，也不出去賺錢養家，放我一個人辛苦工作，還要來醫院照顧你，你說，你是不是笨蛋？笨蛋，笨蛋笨蛋笨蛋！」

唐夫人越說越激動，揮舞蟠龍花瓶碎片的動作越來越大。

Mr.唐感覺到那酥麻正在不斷往上竄升，到了胸口，他甚至可以感覺到，大量血液一口氣從血管湧入心臟的那種活力，他知道，他快要能動了。

「如果你一直昏迷下去，活著，活著還有什麼意思！」唐夫人忽然聲音轉厲，高高舉起手上的蟠龍花瓶碎片，映著此刻微弱而慘白的月光，碎片的尖端，微微顫抖著。

「活著還有什麼意思？」Mr.唐倒吸了一口涼氣。「難道妳要……」

同時間，酥麻的感覺，已經爬到了喉嚨。

「去死吧！」唐夫人大哭，手中的蟠龍花瓶揮下。

在一旁窺視的小丑，則是忍不住得意的笑了起來，如果自己沒猜錯，只要碎片刺穿了Mr.唐的咽喉，就破了阿努比斯的不死之身，也去掉一個對方最難纏的高手了！

躺在床上的Mr.唐，睜著一雙眼睛，任憑碎片直直落下，帶著高速的殘影，就要穿破自己的咽喉了。

只要咽喉一破，氣管一斷，他的命肯定沒了！他死掉不打緊，老大夜王慎重交代的東西，就會落到小丑的手上了。

同一時刻，那酥麻的感覺，升上了腦部和脊椎。終於，Mr.唐的大腦回應了自己焦急的呼喚。

此刻是生死一線，他一咬牙，用盡千辛萬苦才凝聚的微弱力氣，全部都傳到手臂上。

這一手，將會決定生死的關鍵。

手臂一動，Mr.唐發出無聲卻力竭的嘶吼，用盡所有的力氣，舉起了手臂，五指張開，抓向唐夫人手上的蟠龍碎片。

只有抓住這塊碎片，Mr.唐才能避開穿喉之禍，才不會被激憤的唐夫人所殺。

電光火石間，Mr.唐的五根指頭猛力收攏。

抓到了嗎？

這瞬間，Mr.唐的背脊，卻湧出了大量冷汗。

因為他發現，自己的手心，是空的。

他沒抓到！碎片高速避開了他的手，已經接近咽喉了。

「逃不掉了！」Mr.唐咬牙，眼睛閉起。

碎片帶著高速的殘影，直狠狠地插下，噗吱一聲，鮮血濺開。

但是，看到這片鮮血噴出的畫面，Mr.唐不但沒有發出垂死的嘶吼，反而張大嘴巴，一片錯愕。

而且Mr.唐的眼中，除了錯愕，卻多了更多的疼惜和不捨。

「老婆……妳……妳……妳為什麼……刺自己？」

沒錯，唐夫人的碎片並沒有落在Mr.唐的咽喉之上，在千鈞一髮的時刻，她伸出自己的手，擋住了這致命的碎片。

「笨蛋。」唐夫人的血慢慢的在被單上渲染開，聲音更是逐漸虛弱，「說你是笨蛋，你還不承認……」

「啊？」Mr.唐困惑了。

「打破一個蟠龍花瓶又怎麼樣？」失血的唐夫人，把臉靠在躺著的Mr.唐胸口上，呼呼的喘氣。「你怎麼那麼笨？真的很笨，我要的是你的在乎，你懂嗎？打破花瓶之後，你變得好畏縮，我要的是你過來抱抱我，不是躲在一旁拖地，也不是到處去打聽哪裡有新的蟠龍花瓶啊……」

「啊，妳，妳流好多血……」Mr.唐的雙手已經恢復了行動力，手忙腳亂的想要替唐夫人止血。「別再說了，別再說話了……」

「然後，你竟然還跑去沉迷電動？然後……然後你還昏迷不醒，你知道，我多麼心痛嗎？」唐夫人臉色一片蒼白，兇悍的雙眼因為淚水而變得柔和，慢慢被淚水盈滿。「你知道，所有的人都覺得你沒救了，都希望把你安樂死，就只剩我一個人……就只剩下我一個人……還堅持等你醒過來嗎？」

「啊？」Mr.唐越聽越心疼，他用雙手按住唐夫人的傷口，卻止不住噴湧而出的血泉。

「你真的很笨欸，你真的很笨很笨！」唐夫人側著頭，靠在Mr.唐的棉被上，眼淚一滴一滴落下，沾上了血，讓棉被成為一片溫柔的粉紅色。「可是，你知道嗎……這些日子以來，我從來沒有一天停止想念……想念……你。」

「啊？」Mr.唐全身發抖，他從來沒有想過，原來唐夫人是這樣想的，這一切都怪他太畏縮，太沒有自信了。

竟然辜負了一個這麼愛他的女人。

「我知道這是夢，只有夢中你才能和我說話……」唐夫人嘴唇動了動，伸手輕輕摸著Mr.唐帶刺的鬍渣下巴。「我好想念你刺刺的下巴，呵呵，我快死了吧？對快死的人來說，呵呵，這真是一個不錯的夢呢。」

「不……」Mr.唐急得要哭出來，拼命動著雙手，卻阻止不了唐夫人正在流逝的生命力。

「對不起，我剛剛還動了想要殺你的念頭，真是鬼迷了心竅。」唐夫人的手摩擦著Mr.唐的臉，她眼睛慢慢閉上，「好累，真的好累啦。」

「不要！不要！不要啊！」Mr.唐看著唐夫人身體越來越冰冷，越來越冰冷，他發出狂吼，從心底深處的狂吼。

就在這個時候，Mr.唐的耳際忽然傳來一個不陰不陽的聲音。

「真是麻煩啊，竟然有人可以破我的能力？」那聲音顯然相當苦惱。「沒辦法，竟然要我小丑親自動手？」

Mr.唐抬頭，看到一件讓他瞠目結舌的怪事，因為這個怪異的說話聲，竟然來自一張紙牌，一張畫著跳舞小丑的紙牌。

而且紙牌中著小丑逐漸變大，變大，變大，變成了跟一般正常人差不多大小。

一個穿著七彩服飾，臉上畫著濃妝的小丑，如同深夜來臨的索命妖鬼，陡然出現在Mr.唐的面前。

「嘻嘻，真抱歉哩，」小丑拿出手上的七彩繽紛的小球，來回拋接，「你老大實在太強了，為了殺他，只好讓你死掉囉。」

「……」Mr.唐看著小丑，他知道此時此刻，真正的勁敵現在才出現。

這些日子在遊戲中的鍛鍊，讓Mr.唐不再容易驚慌失措，他閉起眼睛，感受到阿努比斯剛才植入自己體內的靈力，正在四肢百骸擴散，所經之處都是一片暖洋洋。

沒錯，阿努比斯的靈力不只是幫Mr.唐自由活動而已，他苦練到五十級的工人力量，也在慢慢的復甦中。

「放心，我小丑大發慈悲，會讓你一瞬間斷氣的，嘻嘻，雖然我有無數種慢慢把人折磨致死的方法，但是我怕夜長夢多，所以你可以享受我難得的溫柔啊，嘻嘻。」

小丑說完，臉上的濃妝從本來的笑臉，慢慢變成了怒臉，伸出雙手就要掐住Mr.唐的脖子。

「……」Mr.唐沒有說話，因為他忽然發現，身體的感覺不同了。

就在這瞬間，Mr.唐忽然感覺到，一直在移動的酥麻感覺，竟然消失了。

取而代之的，是自由活動的舒適感。

手上的紅寶石，也發出了耀眼的紅光，這是他靈力恢復的證明。

五十級的超級工人，Mr.唐，此時此刻，終於復活了。

等到阿努比斯衝入病房，整個病房已經變成一座廢墟了。

病床被怪力扭成一條毛巾形狀，牆壁上到處都是重型機械撞擊過後的巨大凹陷，地板像是被颶風吹過一樣，每一塊都掀開，露出底下斷裂過半的鋼條。

這裡，剛才到底經過多慘烈的戰鬥啊？

阿努比斯只覺得全身發冷。

Mr.唐雖然在遊戲中堪稱一代高手，又怎麼會是縱橫黑榜數百年的「丑牌」對手？

Mr.唐兄弟呢？「那東西」真的落到了小丑手上？

如果真是如此，伊希斯復活，豈不是沒有希望了？

阿努比斯感到前所未有的挫折感，他深深吸了一口氣，扶住了病房的牆壁邊緣。

想起剛才和血腥瑪麗的激戰，更讓阿努比斯消耗了不少靈力。

那時，阿努比斯雖然剩下六成力量，但是他先聲奪人，一把蘊含強大力量的獵槍，四下飛舞的子彈，把血腥瑪麗隔絕在阿努比斯十公尺之外，讓血腥瑪麗的利爪完全發揮不出作用。

而且，當血腥瑪麗不顧生死，闖入阿努比斯的十公尺內，就要展開吸血鬼女王的實力。

忽然，她驟然疾退，因為她的左手三根指甲，被一道阿努比斯貼身的利刃給削斷。

就差那麼一點，阿努比斯割下的，就是血腥瑪麗的半隻手掌了。

「這是怎麼回事？」血腥瑪麗困惑。「你除了靈槍，還有其他武器？為什麼在一○一大樓的時候，你就算生命垂危也不使用？」

「我不是不用。」阿努比斯將獵槍交到右手，左手拔出繫在腰間的那道白光，也就是險些割下血腥手掌的元兇。「而是在當時，我還沒有收服這傢伙啊！」

這道連血腥瑪麗都不得不提防的白光，是一把「刀」。

還是一把差點奪去阿努比斯的刺客之刃「妖刀．村正」！

「我呸。」血腥瑪麗啐了一口。「你這支妖刀，當真一點氣節都沒有。」

「呵。」阿努比斯右手獵槍，左手村正，正所謂遠有遠攻，近有近擊，整個攻擊防禦網已經近乎完美，如果敵人不是擁有壓倒性的力量，根本無法破解阿努比斯的「刀槍聯網」。

於是，強如血腥瑪麗，竟然被只有六成功力的阿努比斯給逼得一直退。

在一片舞動的血光和刀光中，血腥瑪麗不斷後退。

直到退到了醫院的電梯口。

血腥瑪麗的背部，終於抵上了電梯門，她已經再無一點退路。

「電梯啊，好熟悉的場景呢。」阿努比斯冷笑，「只是，這次換妳進到電梯裡頭，享受暢快淋漓的『被肢解之樂』了。」

說完，阿努比斯手高舉，手上的妖刀映著醫院的日光燈，閃爍著淒厲和暴力的光芒，對著血腥瑪麗，狠狠地砍了下去。

瞬間，一個不容易察覺的笑容，悄悄的滑過血腥瑪麗的嘴角邊。

就是這個冷笑，讓阿努比斯忽然感覺到手上的妖刀微微一顫，刀身竟然自動生出一股力量，抗住了阿努比斯下揮的手勁。

忽然，阿努比斯感覺到一陣雞皮疙瘩，如同涼蛇般爬上了自己的背部。

妖刀在怕？

為什麼怕？

因為，血腥瑪麗在笑嗎？她為什麼笑？

「難道，」阿努比斯心念一動，「血腥瑪麗有特殊能力嗎？」

「嘻嘻，阿努比斯，你快點砍啊。」血腥瑪麗的眼睛中不但沒有絲毫懼意，還抬起頭，嘟起了噁心的紅唇小嘴。「我正在等你呢。」

阿努比斯心跳又加速了。不是因為血腥瑪麗那紅唇小嘴迷人，更不是那紅唇小嘴太噁心。

而是，阿努比斯知道，妖刀生平最是貪生怕死，妖刀既然猶豫了，那表示血腥瑪麗手上一定握有王牌，還是一張足以瞬殺敵人的王牌。

這刀，究竟是該不該砍？

阿努比斯的猶豫，並沒有太久，因為他的眼神又重新找回了殺氣。「血腥瑪麗。如果妳真有王牌，就讓我見識看看吧！」

看著阿努比斯即將落下的凶刃，血腥瑪麗的表情依然不變，頭抬高，嘴角掛著甜膩的微笑。

偏偏，就在這關鍵時刻，一個聲音的響起，阻止了這一切。

「嘟嘟嘟嘟……」可愛的四和絃音樂傳出，悠揚在醫院慘白的電梯間。

原來，是血腥瑪麗的手機響了。

「咦？」血腥瑪麗一笑，對阿努比斯做出了一個抱歉的手勢，拿起掛在腰際的手機，輕聲說起話來。

然後，血腥瑪麗的眉頭一皺，對著電話埋怨道：「我不是說過，沒有要緊事不要打我手機嗎？我現在可在忙呢！」

阿努比斯看著血腥瑪麗，在自己刀下十五公分距離的地方，這個充滿了中世紀變態氣息的貴族女王，竟然不顧一切講起手機，連阿努比斯都佩服起血腥瑪麗的膽識。

「什麼？」血腥瑪麗不知道聽到了什麼消息，驚訝的高呼。「你確定！你確定消息沒錯？」

「嗯？」阿努比斯看著血腥瑪麗，什麼樣的消息，會讓殺人如麻的邪惡女王驚訝呢？

「謝謝你告訴我這個消息，掰掰。」血腥瑪麗關上手機，眼角瞄了一眼阿努比斯手上的刀。「真抱歉，我有事要忙，現在沒辦法殺你囉。」

「哼。」

「別生氣嘛。嘻嘻。」血腥瑪麗微笑。「我下回再慢慢殺你好不好？我可以用一百種吸血鬼祕密的殺人法，保證讓你快樂到想早點死去！嘻嘻。你可別先死掉囉。現在，有一個重要無比的人來到了台灣，嘻嘻，我可是等她等了好久呢，只有她，是我心中的第一優先啊。」

「嗯？」阿努比斯瞇起眼睛。血腥瑪麗說的人是誰？是誰有這樣大的影響力？

「所以，掰掰囉。」血腥瑪麗用手做出了一個飛吻。旋即，一道鮮紅色的龍捲風捲起。吹開了阿努比斯的刀，當阿努比斯看清楚眼前的景物，血腥瑪麗早就已經消失了。

剩下的，就是空氣中濃到幾乎令人窒息的香水氣味，和空無一人走廊。

阿努比斯看著血腥瑪麗的背影。

然後，他聽到自己心臟用力鼓動的聲音，彷彿緊張感一過去，心臟在此刻才清醒過來似的。

「血腥瑪麗，高手。」阿努比斯眼睛瞇起，遙望著醫院長廊的深處。「又是一個難纏的高手。」

當阿努比斯結束血腥瑪麗的事件，他立刻返回病房，推開門，映入他眼簾的……是一間破敗的病房。

到處都是機械破壞的痕跡，阿努比斯猜到，Mr.唐應該是已經恢復了靈力，才能喚出「工人」職業的重機械武器……只是，Mr.唐究竟是勝是敗？

就在這個時候，阿努比斯看到了一片塌陷的地板上，有東西隱約動了一下。

阿努比斯想都沒想，撲上前，雙手撥開地上的泥土，然後，他看見了一隻手。

一隻戴著紅寶石戒指的手，正埋在病房廢墟中。

「老五！是你嗎？」阿努比斯大吼，雙手不斷往下掏。果然，隨著泥土逐漸撥開，一張熟悉的臉龐出現露出了全貌，正是氣若遊絲的Mr.唐。

「老五！」阿努比斯急忙把Mr.唐從土壤中抱了出來，一手緊緊按住Mr.唐的背部，灌入阿努比斯最珍貴的靈力。

「別，別浪費力氣了，老大。」Mr.唐輕輕搖頭，推開了阿努比斯的手，「這次我知道，沒救了，我傷得太重。」

「別說話，我的靈力可以讓你恢復，我的力量和其他人不同……」阿努比斯個性固執，他沒有理會Mr.唐所說的話，依然堅持著源源不絕的傳送著靈力。

「老大，沒用的。」Mr.唐苦笑。「我知道，你也知道，這種傷是醫不好的。」

「不。」阿努比斯依舊將手心抵住Mr.唐的背，洶湧而強大的靈力不斷湧入Mr.唐的身體中，可是，這股連地獄列車都能撼動的力量，此刻卻像是沉入了大海，悄然無聲的沒入了Mr.唐死寂的身體中。

難道，Mr.唐真的是油盡燈枯了嗎？

「老大，我有件事要跟你說……」Mr.唐攤開緊緊握住的右手，臉上是得意和釋懷的微笑。「我沒有讓遊俠團失望，我……守住了那東西。」

守住了那東西？阿努比斯瞄了一眼Mr.唐的手心，忽然間，一種很奇妙的感覺湧上了他的心頭，讓他的心頭揪緊起來……

那是他成為埃及古神以來，許久未曾出現的感覺。

原來，這是感動嗎？

因為，Mr.唐的手心中，發著燦爛綠光的物體，正是阿努比斯在一〇一大樓上，被一群吸血鬼追入了電梯之中，阿努比斯一個人和數十名吸血鬼在電梯中進行零距離廝殺。

當阿努比斯取得血淋淋優勢的時候，電梯內的天花板忽然「卡卡」的裂開，不，不是裂開，而是被一雙手硬是給撕開。

一抬頭，在電梯的縫隙中，一張滿臉皺紋的女人的臉，露了出來。

血腥瑪麗，正是血腥瑪麗。

精疲力竭的阿努比斯，和血腥瑪麗進行無法想像的殊死戰之後，電梯終於到了一樓。

然後，阿努比斯看見了正在電梯門外的Mr.唐。

於是，阿努比斯將「這東西」托付給了Mr.唐。

而Mr.唐，竟然守住了，竟然以自己的生命守住了。

看看這一片幾乎成為廢墟的病房，可以想見當時的戰鬥有多麼激烈，小丑是黑榜有名大妖，而Mr.唐卻只是一個從平凡人轉變而來的遊戲玩家。

「嗯。」阿努比斯感動之餘，內心卻越來越焦急起來，因為無論他投入多少靈力進入Mr.唐的身體裡，卻都沒有引起Mr.唐體內靈力的反應，如此沉寂空虛的身體，Mr.唐真的沒有希望了嗎？

「呵呵，不過，這東西壓根救不是小丑所希望得到的寶物，老大你真行，到這時候，還可以狠狠地擺了那小丑一道。」Mr.唐嘻嘻一笑，滿是血污的臉，露出得意的笑容。「我跟法咖啡一直在猜，老大，你到底是個什麼樣的人啊？像謎一樣的能力，像謎一樣的力量，還有……像謎一樣的智慧……」

「別說了，會費力氣的。」阿努比斯又伸出了第二隻手，按住了Mr.唐的背。阿努比斯仍然不肯相信這一切，他相信自己可以救的活Mr.唐的，可以救回自己兄弟！

「呵呵，沒救了啦，老大。」Mr.唐苦笑。「我剛剛喚出了工人超級道具『怪手』，狠狠地和小丑硬幹了一場，而且啊，你知道嗎老大，我看到了我老婆，我老婆她啊，看起來好哀傷的樣子喔。」

「嗯。」

「老大，我不知道你在現實世界，是什麼人……我猜可能是一個黑道大哥，或是一個上市公司的董事長。但是，我在現實生活，只是一個靠著打零工賺錢的可憐人哩。我一直不快樂，因為我對自己沒自信，我也覺得老婆對我很糟糕。」Mr.唐嚥下一口從喉嚨湧出來的鮮血。「你懂嗎？老大，我是逃避現實才到遊戲裡面的。」

「嗯。」

「可是，我剛剛看到了我老婆，她在哭喔。」Mr.唐眼睛含淚，混著額頭流下來的血，意識正在喪失的他，說話已經開始語無倫次了。「她在哭，哭著說她很想念著我，你知道嗎，老大，她說她從來沒有想要放棄我，從來沒有喔，從來沒有一次……」

「嗯。」阿努比斯忽然發現，Mr.唐之所以能繼續說話，靠的全是自己的不斷輸入的靈力，沒錯，只要阿努比斯一中斷靈力，Mr.唐就會斷氣了。

「所以，老大，我終於想起來了，我剛進到遊戲時，對那道門許下什麼願望什麼了……」

「是什麼，願望？」阿努比斯發現自己的聲音哽咽了。

「我希望成為男子漢。」Mr.唐輕輕的笑了。「一個能保護自己心愛女人的，真正男子漢！」

「你是，」阿努比斯又感覺到，心中升起的奇妙感動了。「你一直是男子漢啊。」

「謝謝你，老大。」Mr.唐把手上的綠色寶石，放到了阿努比斯的手上，「所以，我要回去了，我是該回家了。」

「嗯。」

「因為，」Mr.唐閉上了眼睛，疲倦的深深吐出一口氣。「我想，我這趟遊戲的旅程，已經到了終點……希望有一天，當我們回到了現實，能和真正的老大喝一杯。」

「嗯。」

「老大，謝謝你，遇到你，我不後悔。」Mr.唐身體慢慢的軟倒。「真的不後悔，遇到你們。」

阿努比斯的手終於悄悄的，從Mr.唐的背後移開了。

因為他知道，Mr.唐的確已經走了。

走了。

回到了他的現實世界，他該去面對的真實世界。

而阿努比斯又感覺到心頭那陣揪緊的痛。

因為，在這個詭譎的遊戲之中，又少了一個可以信賴的夥伴了。

阿努比斯低下頭，看著手上那只綠色的寶石，這是一顆雕刻成眼球形態的寶物，也是伊希斯三聖器之一「烏加納之眼」。

這並不是小丑渴望得到的阿努比斯靈魂本體，卻是伊希斯女神復活的重要關鍵之一。

如今，阿努比斯已經確實掌握了三聖器的「烏加納之眼」和「安卡」了，最後一個「聖甲蟲」到底在哪裡呢？

想到這裡，阿努比斯沉思之後，咬破了自己的手指頭，利用指尖的血珠為顏料，在Mr.唐的屍體上，寫下了留言。

一段，給法咖啡的留言。

時間拉回到第二天早上。

法咖啡急急跳下計程車，丟給計程車司機三張百元大鈔之後，奔向醫院。

醫院的一〇一〇病房裡頭，一推開門，眼前就是一片觸目驚心的畫面，床上躺著Mr.唐的屍體。

「唐老五！」法咖啡見到此景，全身顫抖。「到底是誰殺了你？到底是誰？」

法咖啡感到全身虛軟，蹲在床邊，呼呼的喘氣，她喃喃唸著，「你一離開遊戲，又有誰能告訴我們，老大夜王的去向？還有那一天晚上，究竟發生了什麼事呢？」

法咖啡趴在床沿，許久都無法釋懷，就在這時候，她的手指頭輕觸到Mr.唐的手指，忽然，一個怪異的想法湧上了她的心頭……

「唐老五，你已經死了，應該是變成道具才對吧？為什麼你還保持人形？」法咖啡猛然抬頭，注視著Mr.唐。她的心臟撲通撲通的跳著。「難道，你還有什麼話想說嗎？」

想到這裡，法咖啡一手抓住了被單，用力掀開。

果然，Mr.唐的身上，鮮血綻紅，寫著幾個龍飛飛舞的草字。

這幾個草字讓法咖啡看得是全身微顫。隨即，熱淚湧上了眼眶，眼前模糊一片。

因為這是她最懷念的老大，親手寫下的字。

『法咖啡，別哭，我回來了。

我們老地方見。

老大』

第二章《新竹八陣圖》

這裡，是一個夢。

一個很溫暖，很舒適的夢，夢中的她回到了自己的故鄉，遙遠的埃及。

在那裡，她所有的好朋友們都依然和樂融融，他們還沒有為了理念而反目，也沒有愛戀與嫉妒，更別提互相憎恨了。

在寬闊無邊而且流水滾滾的尼羅河邊，他們四個老友，席地而坐，享受著尼羅河賜與的豐饒土壤，看著自己的子民過著充實而滿足的生活。

最左邊坐著的是安靜又最高雅的女子「伊希斯」，她不愛講話，最愛研究各種魔法，她的手上正捧著古埃及的聖書《死者之書》，這是她還沒有奪取父親「拉」法力之前的清純模樣。

左邊第二位坐著一名男子，他用一條紅色頭巾綁住桀驁不馴的長髮，他笑聲非常響亮，響亮到連大地都會隨之震動，他就是「賽特」。是埃及最強壯的戰士，就是他率領埃及軍隊，擊潰四方來襲的蠻族和魔怪，保住了埃及的繁榮。

第三個也是一名男子，他沒有賽特這樣粗獷而陽光的氣質，反而陰沉的讓人有些畏懼，他平常總是戴著胡狼面具，這次卻非常難得的將面具取下，露出少見的笑容。他是阿努比斯，這是埃及發生大變之前的他，當時的他多了一份稚嫩，卻也少了一分兇狠和深沉。

然後就是正在做夢的她自己了。她低頭看了看自己，她發現自己正穿著黑紗，是埃及特產亞麻布織成，而她的雙手像貓爪，她為什麼穿著這樣的衣服呢？她自己又是誰呢？

這時候，她聽到了旁邊傳來賽特的聲音。

「貝斯特，妳為什麼一直看著自己呢？」

「貝斯特？」她困惑的眨著美麗的貓眼。

「是阿，妳忘了自己是誰嗎？」賽特微笑，笑容中的霸氣，讓她有些崇敬，卻有些害怕。

「妳是貝斯特，妳就是貓女啊！」

貓女！

我是貓女？

就在貓女記憶恢復的瞬間，整個時空忽然天旋地轉起來。

這一旋轉，彷彿穿越了千年的歲月，穿越了萬里的長路，她離開了夢，雙腳重新踩回現實的泥土上。

她陡然睜開眼睛，看到的景物，不再是剛才陽光明媚的尼羅河邊，再也沒有滾滾的河水，而是一座晦暗的房間，房間裡面什麼傢俱都沒有，像是施工未完成的工地住宅。

她呻吟了兩聲，艱難的轉動頸子，然後，她發現窗邊正站著一個男人，這男人的背影極寬，身材壯碩到超乎常人，背上披著毛茸茸的狼袍，男人正注視著窗外，不知道在思考著什麼……

「這……這裡是哪裡？」貓女撐起了上半身。她全身無力，滿是靈力耗盡的空虛感。

「啊，妳醒了？」那男人轉身，露出古怪的笑容。

這怪異的笑容中除了喜悅之外，卻有著更多的戒慎恐懼。

貓女一看到對方這笑容，馬上就忍不住笑了出來。

「妳！妳笑什麼？」對方微怒。

「我笑你那害怕的表情啊，地獄列車事件過了這麼久，你還忘不了我的爪子啊。」貓女嘻嘻一笑，盤腿坐了起來，輕輕舔了舔自己的手背傷口。「是吧？狼人T。」

狼人T！這個人，竟然是遠從英國趕回來的狼人T。

狼人T被梅杜沙在醫院偷襲之後，演出了一場精彩的千里追逐戰，終於在英國的酒吧中宰殺了梅花皇后梅杜沙，吐了一口怨氣。

他把梅杜沙押到地獄政府之後，蒼蠅王便帶狼人T進入地獄醫學局，請三國醫聖華陀治療狼人T的傷勢。

在華陀妙手回春之下，復原的狼人T便和吸血鬼女雙雙來到台灣，透過「領路人」的帶路，進入了地獄遊戲。

然後，狼人T接受了少年H的委託，在和織田的激戰中，殺入重圍，救出了受傷昏迷的貓女。

「哼！」狼人T瞪了貓女一眼。「我不是害怕，只是妳這女人又正又邪，實在不知道妳哪天又會搞出什麼麻煩事！」

「嘻嘻。」貓女歪著頭笑了。「你真的很怕我欸，嘻嘻，真好玩。」

「哼。」

「不逗你啦，我們現在在哪裡？」貓女看了看四周，「為什麼你不帶我回少年H那裡呢？」

「嗯，我也想啊，妳是一顆燙手山芋，我也想早點把妳丟出去。」狼人T搖頭。「可是，我們沒辦法回去。」

「沒辦法回去？」貓女睜大眼睛。「到底發生了什麼事？」

「妳知道妳昏迷了多久嗎？」狼人T，伸出三根手指頭。「三天。」

「這麼久！那織田信長大軍呢？」貓女微驚，「難道他魂魄被我打散之後，又死灰復燃，反擊了少年H的軍團？」

「不，織田信長的部隊已經全滅了。」狼人T搖頭。「織田信長一死，深諳兵法的少年H立刻全軍出擊，趁著對方大將一死陣腳大亂的時候，在光復路大破織田大軍，兩軍互相追逐了整整十公里，智將鬼將軍趁亂溜走，織田軍隊的屍體四散在光復路上，到處都是零散的道具，只剩下殿後的僧將軍部隊陣形不亂，保住了織田軍最後一口真氣。」

「既然織田部隊已經大敗，為什麼我們會回不去？新竹市裡頭，還有誰能和少年H爭鋒？」貓女愕然。「難道是……白老鼠軍團嗎？」

「白老鼠軍團被一個神奇的土地公牽制，目前按兵不動……不，應該說，他們也動彈不得。」

「動彈不得？這樣不合理啊。」貓女困惑。「這樣的話，你說少年H的大軍被困住，還有誰有這個能耐能困住他？」

「妳忘了一件事。」狼人T深呼吸。「這個地獄遊戲的黑榜勢力，除了織田信長之外，還有一個部隊。」

「咦？」

「在遊戲中，黑榜上的團隊第一名，可不是台南的織田信長部隊！」

「難道，你說的是……」這一次，連向來慵懶自信的貓女，都倒吸了一口涼氣，因為她想起了狼人T口中的「真正冠軍」是誰了？這個部隊，不但黑榜排名在織田信長之上，其領袖的實力和用兵的策略，都在織田之上。

這人他權傾三國，允文允武，手下豪將如雲，用兵如神，本身更是震殺天地的高手。

他是——紅心老K，曹操。

「所以，我們現在被曹操的軍隊困住了？」貓女勉強的爬起身，「以你狼人T的勇猛，竟然會被軍隊困住，而無法突圍？」

「哼，我也想突圍啊。」狼人T又把頭轉向窗外，「如果是平常的士兵，管他幾萬大軍，我都衝出去了。」

「嗯？不是平常士兵，那是什麼？」

「我也不太知道。」狼人T搔了搔他頭上的長毛。「我猜是陣法吧？」

「陣……陣法？」

「一、二、三、四……七、八總共有八個大陣！」狼人T伸出手指頭數著，粗大的眉毛鎖成一團。「我是看不懂，我只知道我們陷在八個奇怪的旗幟裡面，雖然只是旗幟，可是我才往前走一步，馬上覺得自己像是陷入一片刀光劍影的殺氣之中！讓我又退回了這個房間。」

「我來瞧瞧。」貓女優雅起身，輕輕一躍，躍到了窗邊。

當貓女往外看去，靈覺遠比狼人T還要敏銳百倍的她，不能控制的，骨子裡湧出了一片戰慄。

戰慄，是因為眼前大陣中，透露出來的不凡氣勢。

此刻的窗外，新竹城市火車站附近的黃昏，沿著護城河的周邊房屋，層層疊疊的插滿著八種顏色不同的旗幟。

如果不是感受到莫名的肅殺之氣，一般人可能會以為這些旗幟，是因為選舉快到了，候選人為自己造勢所製造的特殊台灣景觀。

「八個顏色，八個陣，分別座落在我們東、西、南、北、東南、東北、西南、西北……八個方位。」貓女感到額頭冒出了一顆汗珠。「這不是普通的陣法，這是一個結界！」

「結界？」狼人T張大了嘴巴。「哪個結界師這麼厲害，佈下這麼厲害的結界，範圍這樣大，威力又這樣強，方圓百里內的生靈全部被他封住了。」

「八個陣？八陣？八陣圖？」貓女低頭走了兩步，沉吟道：「我聽少年H說過，他其實並不擔心織田信長，他真正擔心的是曹操，因為曹操代表整個三國勢力會從地獄中歸來，中國的三國時期，恐怕是有史以來神魔英雄最多的一個時代啊！」

「那貓女，妳想到了誰？」

「少年H說過，三國之中，論武力以『呂布』居首，論合作當推『桃園三結義』，論忠誠則是『曹家軍』，但是，若是說到智謀和軍法布陣，這人說稱第二，沒人敢稱第一。」

「他？他是誰？」狼人T聽的悚然一驚，他記憶中的少年H總是一派悠閒，如果連少年H

都會忌憚的人，肯定不是普通角色。

「很巧的，他的拿手兵陣就是八陣圖。」貓女看著窗外，眼睛瞇成一條細縫，細縫中射出令人膽寒的殺意。「他，是諸葛孔明。」

「豬哥孔明？」狼人T露出疑惑的表情。「他很會打架嗎？」

「他叫做『諸葛』孔明啦！而且他不會打架。」貓女苦笑。「但是三國時期會打架的武將，被他整死的可不少，尤其是他的八陣圖，依循著中國易經排列，陣中有陣，八八六十四個變化，是攻守兼備的無敵陣勢，只是壓根沒想到，這個八陣圖，就是一個結界。」

「嗯。」狼人T看著窗外。「所以，這個叫做豬哥的傢伙，擺出這個陣勢，是要困住我們？」

「一半一半吧。」貓女搖頭：「他一方面要擒住我們，一方面也讓少年H大軍，沒有辦法往前推進，陷入動彈不得的泥沼中。」

「這個豬哥，還挺厲害的啊。」狼人T點頭，露出稍微讚賞的表情。「雖然名字難聽了一點。」

「是很厲害。」貓女來回踱步，表情困擾。「面對連H小子都忌憚的諸葛孔明，而我的靈力又消耗殆盡了，我們該怎麼辦？該怎麼辦呢？」

可是，就在貓女擔憂無助之際，忽然，狼人T發出了笑聲。

「哈哈。」

「你幹嘛笑？」貓女轉頭，表情愕然。

「哈哈哈，哈哈哈哈。」狼人T卻是越笑越大聲，一發不可收拾的大笑起來。

「你・幹・嘛・笑・啦！」貓女跺腳，原本就慵懶撫媚的她，這一個動作，讓人覺得意外的可愛。

「哈哈哈，我笑啊，哈哈。」狼人T又笑了幾聲，才勉強忍住笑意。「妳可是貓女欸，妳可是差點拆了地獄列車，差點搞死我，還把織田信長弄的半死不活的棘手女人欸。妳竟然會擔心？擔心這個小小的結界。」

「狼人T，你是什麼意思？」

「我的意思是，我狼人T沒有你們這麼複雜聰明的腦袋，所以我的辦法往往是最簡單，卻是最有效的。」狼人T站了起來，姿態昂然，映著此刻黃昏的霞光，有如一尊威風凜凜的巨神像。

「結界難纏？他媽的我們硬闖出去，不就得了！」

同一時間，新竹。

少年H的軍隊，果然如同貓女所推測的，被眼前這個巨大的陣法給擋住了。

他一個人立在清華大學的高點之一——新齋的樓頂，俯視半個新竹市。

八色旗幟在這片黃昏的新竹景致中，閃耀著八種截然不同的靈氣，精緻美麗的景色中，隱藏著讓人驚懼的殺氣。

「八陣圖，源自古老的易經八卦，在諸葛孔明手下更是發揚光大，融入兵法和風水，成為一代名陣。所謂的太極生兩儀，兩儀生四象，四象生八卦，八卦便是八陣圖的根基。」少年H一個人立在高樓之上，雙手負在背後，迎面而來的新竹風鼓動著他的T恤。

「八陣圖是八個門所構成，分別是休、生、傷、杜、景、死、驚、開。其中生、景、開是吉門，休、傷、杜、死、驚是死門。而諸葛孔明把八卦引入了八陣圖中，陣中有陣，八八六十四種變化，簡直就締造了兵法上的一個奇蹟，或者說，他創造了史上最可怕的一個陣法。」

「諸葛孔明啊，新竹王城為了你，已經去了二分之一的兵力，全都陷入八陣中，互相殘殺而死。」少年搖頭。「老實說，如果要我選擇在中國高手中，選出我最不想交手的人……諸葛孔明啊，你排行第二。」

就在這時候，少年H的旁邊，響起了一個女子聲音。

「沒想到，會遇到這麼麻煩的傢伙呢？」那聲音說：「那前去支援貓女的狼人T，他們該怎麼辦？」

這聲音介於男生和女生中間，雖然中性，卻給人一種奇異的魅力。

從聲音本身的魅力，就可以推斷出，聲音主人肯定是一個迷倒眾生的女子。

「是的，吸血鬼女。」少年H轉頭對她一笑。「我倒是不擔心狼人T和貓女的能力。以他們兩人的身手，再厲害十倍的陣法，也難不倒他們，我擔心的是另外一件事。」

「喔？哪件事？」

「呵呵，我擔心的是，他們一個是犬系的狼人，一個是貓系的貓女，兩種天生敵對的動物，會不會還沒闖關，自己就先打了起來啦？」

新竹市區，廢棄大樓之中。

「呵呵。」貓女看著狼人T，一雙美麗而妖魅的大眼睛，連眨都沒有眨上一下。

「幹嘛一直看我啊？」狼人T被貓女瞧得全身不舒服。

「我必須說，狼人T，你剛才好man啊。」貓女微笑。「好，那就聽你的，我們直接殺出去吧！」

「哼，妳現在才知道我夠man啊！」狼人T鼻孔哼出大大的一股白氣。「跟在我後面吧！我讓妳明白，為什麼千古以來，狗會一直排行在貓的上面了！」

兩人一前一後躍出了這棟廢棄的建築物外。他們的眼前，就是旌旗遍佈山野的「八陣圖」。

「我們，進去吧。」狼人T深深吸了一口氣，然後右腳往前一跨。

就在這一瞬間，狼人T彷彿感覺到一陣很輕很輕的風，帶著無盡的幻象，穿過他的身體，一直消失在無窮的後方。

狼人T感到訝異。

因為當這一襲涼風吹過，眼前的景物竟然跟著整個不變。

這裡不再是街道熱鬧的新竹市區，取而代之的是一片白色的濃霧，濃霧中，隱約可以看見灰色的石磚地板，還有街道兩旁暈黃的街燈，以及專屬十九世紀的低矮建築。

看見這幅畫面，這熟悉的氣味，這冰冷的濃霧，狼人T覺得自己的呼吸幾乎要停止了。

因為這裡正是他記憶中的故鄉，倫敦啊！

「狼人T？」這時候，貓女的聲音，從濃霧中傳來。「你還好吧？我聽到你的呼吸變了……」

「因為，我認得這裡。」狼人T的聲音乾澀。「我怎麼可能忘記這裡？」

「你認得？」

「因為，這裡是十九世紀的倫敦。」狼人T的聲音充滿著複雜的情感，彷彿愛戀又彷彿痛恨。「這裡，就是我生長的地方，我能力覺醒的地方，更是……我遇到『西兒』的地方。」

狼人T為什麼成為獵鬼小組的成員？就是因為黑榜上的紅心J「開膛手傑克」，殺了狼人T最心愛的女孩『西兒』……而狼人T從此許下願望，只要能讓西兒回到他身邊，他願意替地獄政府賣命。

只是沒想到，狼人T竟然會在跨越了兩百年之後，再度回到這個他記憶中，最深沉而不堪回首的角落，倫敦。

「西兒？是你的愛人嗎？」貓女的心思如此細密，她只憑狼人T說話的腔調，就猜出了西兒的身分。

「嗯。」

「那她現在呢？」

狼人T久久沒有言語，才喃喃的說：「她……死了。」

「嗯。」貓女抿了抿嘴唇，她隱約能明白狼人T的哀傷，一時間反而不知道該怎麼安慰他。

就在這尷尬的時刻，倒是狼人T自己打破了沉默。「沒想到，我一跨入了八陣圖，竟然會通向十九世紀的倫敦？難道那個豬哥孔明有穿越時間和空間的能力，這能力可不得了啊！尤其是時間，這是神魔兩界共同禁忌的能力啊！」

「我想不是的。」貓女搖頭。「我想，這個八陣圖只是把你心中的圖像給描述出來，八陣圖共有八陣，只是，我們不知道闖入了哪一陣……」

「把心中的圖像描繪出來？」狼人T不解的抓了抓頭髮。

「就是有點像是幻象……咦？」貓女彷彿聽到了什麼聲音，動了動她靈活的貓耳，向四周張望。

「嘻嘻。」濃霧中，傳來了一個清脆的女子笑聲。

突然間，貓女察覺的身邊狼人T的呼吸節奏又變了，又快又急，簡直像是聽到了什麼可怕的聲音。

「這笑聲……這笑聲……是西兒啊！」

隨即，在這片濃霧中，狼人T看到一個女子的身影輕輕晃過。

「西兒，是妳嗎？」狼人T又驚又喜，大叫一聲，邁開雙腳追了上去。

貓女見狀，焦急的喊著。「狼人T，別走散，很危險啊！」

但是，狼人T彷彿完全沒聽到貓女呼喚，他固執的追著霧中的神祕女子。只是那女子的速度好快，她在佈滿濃霧的街道上左穿右竄，一下子就消失了蹤影。

但是狼人T毫不死心，又追了好幾條街，只是沒想到對方的速度這樣快，連狼人T這樣矯健的身手都跟丟了。只是，當狼人T正因為失去了西兒的笑聲而悵然，那女子的調皮笑聲，卻又在濃霧中響了起來。

「西兒！」狼人T精神一振，又追了上去。

可是對方一看到狼人T追來，卻像是故意玩捉迷藏的孩子，一轉身，又繞進濃霧中，讓狼人追了十幾分鐘，卻依然撲了一個空。

於是，狼人T和神祕女子就這樣不斷的追追停停，直到狼人T赫然發現，他已經離開原本的地方很遠了。

在他眼前，是一個寬闊的市民廣場，廣場中央是一座高聳的鐘塔。

狼人T的背脊開始發冷，因為他想起來了，「這裡，不就是西兒為他犧牲，讓他變身成白狼，逆殺開膛手傑克的哭泣廣場嗎？」

「怎麼會是這裡？……」狼人T環顧四周，周圍的白霧如一道流水似的緩緩包圍著他，霧濃得讓人膽戰心驚。

更糟糕的是，狼人T的幾番追逐，把對倫敦地形一點都不熟悉的貓女，給遠遠甩在後面，如今，偌大的廣場上只剩下狼人自己而已。

偏偏這時候，狼人T不斷追逐的女子身影，停下了腳步，俏立在白濃的霧中，輕輕的笑著。

「西兒？是妳嗎？西兒！」狼人T的心跳怦然加速，向來勇敢無懼的他，此刻卻顯得焦急惶恐。「西兒，是妳嗎？」

那女子沒有說話，卻對狼人做出了反應，濃霧中，那個女子無聲的往狼人T走來。

她的輪廓也從霧中一點一點浮現，逐漸清晰起來。

黑髮，白皮膚，大眼，調皮的笑容，這女子不是西兒是誰？

雖然她的身影從霧中出現，在狼人T的眼中卻更加模糊起來，因為眼淚。

「西……西兒……」狼人T感覺到自己的眼眶一片溫熱。兩百年了啊，整整兩百年了，當年西兒為了愛情，捐出了自己充滿靈力的心臟，讓狼人T能夠藉由吸收這靈力而扭轉敗局。

也因為如此，狼人T對西兒，有份比什麼都還要深的愧疚與思念。

而狼人T願意加入獵鬼小組，原因更是簡單，也只是為了……能夠再見到西兒一面。

這一面，狼人T多少夜晚魂牽夢縈，只為了這一面而已啊！

「狼人。」西兒張開雙手，對狼人T露出喜悅的笑容。「我想你，我好想你……」

「我也是……」狼人T只覺得每往前一步，內心的激動就把他的腳步震得東倒西歪，讓他連好好走路的力氣都沒有了……

然後，濃霧中，兩人終於抱在一起。

狼人T淚水盈滿了眼眶，這擁抱的溫暖，這身體的溫度，竟然跟記憶中一模一樣，每個夜晚，每個生死關頭的驚險時刻，狼人T總是會想到西兒的擁抱。這個擁抱，總能激發他體內最深處的力量。

只有狼人T自己知道，他強悍的祕密，不是盪氣迴腸的英雄氣概，也不是瘋狂噬血的野獸本能，而是一個藏在狼人T心裡，最柔軟而溫暖的回憶。

一個叫做西兒的回憶。

地獄殺陣

「狼人……」嬌小的西兒緊緊抱住狼人T。

「西兒……」

可是，就在兩人深深相擁的時候，西兒繞在狼人T背後的手，卻做出了一個令人費解的動作。

她的手，慢慢的舉高，然後一把銳利的銀刀，倏然出現西兒的手掌之中！

銀刀順著西兒的手掌，慢慢的滑向狼人T背上心臟的位置。

濃霧中，兩個緊緊擁抱的人，此刻卻透露出詭異到令人窒息的殺機。

「狼人。」這個假扮成西兒的女子，悄悄的笑了。「只能怪你太癡情……你去地獄和西兒相遇吧！」

這一刻，就在這女子嘴角掛上冷笑，銀刀的刀鋒已經瞄準狼人T的心臟，狠狠地剁入之際……

忽然，女子表情一陣怪異。

然後，她帶著極度怪異的表情，慢慢的把眼睛往下移，往下移……

直到，她看到了自己的腹部。

五根狼爪，閃爍著最後一絲銀光，剎那間，全部沒入了自己柔軟的腹部內。

沒有疼痛。

只有來自身體深處的空虛感。

女子連悲嚎都來不及發出，狼人T既溫柔也殘忍的五根爪子，伴隨著溼透了她下半身的鮮血，毫不留情的奪去了她所有的生命力。

「你……」女子表情蒼白。「為什麼知道……」

「西兒，從來不會叫我狼人，她都稱呼我為『T』，事實上，這名字也是她取的。」狼人T鬆開手，這女子慢慢軟了下來。

「我下手很快，所以妳不會有任何的痛苦，其實我應該要感謝妳。」狼人T輕輕的說：「謝謝妳，讓我又重溫了自己曾經擁有過，最美麗的夢。」

「是嗎？那個西兒一定是一個很美的女子吧。」女子嘴角湧出一絲鮮血。「讓你過了兩百年，卻還沒忘記她的一切。」

「她很美。」狼人T閉上了眼睛。「認識她的那段時間，是我孤單而漫長的生命中，最美的時刻。」

「在我那個時代，女人最大的願望，就是有一個能好好疼惜她的男人。」女人輕輕笑了。「如果你有天能和西兒重逢，麻煩幫我轉告她，我小喬很替她慶幸……」

女子沒有把話說完，就悄悄的斷了氣，而且喬裝成西兒的容貌慢慢褪去，變成了另一張容顏，是一位富有中國的古典美，美麗甚至在西兒之上的絕美女子。

「我會的。」狼人T用他粗大的狼爪蓋在女子的眼睛上，替她把眼皮蓋上。

「像妳這樣美麗的女人，背後一定也有很多故事。乖乖回到地獄吧，別淌這混水了。」

狼人T讓小喬瞑目之後，他慢慢站了起來，用指尖悄悄的擦去了眼眶的淚水。

就在此刻，他的背後傳來一陣輕盈但迅捷的腳步聲。

聽到這個腳步聲，狼人T趕快抹了抹自己的臉，他深怕貓女看見他正在流淚，因為他可是頂天立地的男子漢，怎麼可以隨便就哭呢？

「終於找到你了。」貓女的聲音在背後埋怨道：「狼人T，你剛才瘋了嗎？這樣亂跑！」

「沒事了。」狼人T別過頭去，不想讓貓女看見他哭紅的眼睛。「我們走吧。」

「嗯。你剛才殺了敵人啊？」貓女躡著輕盈的腳步，來到小喬的屍體旁邊。

「是啊。」狼人T往前走去，「別拖拖拉拉了。快走吧。」

「嗯。」貓女看了小喬好幾秒，不知道在沉思什麼，然後她一躍到狼人T的身邊，挽住了狼人T的手臂。「走吧！」

「貓女，妳幹嘛這麼噁心！」狼人T抗議。

「你殺了敵人，我很崇拜你啊！」貓女諂媚的笑了。

看見貓女這笑容，忽然間，狼人T感到一陣寒氣，讓他背上所有的毛細孔都收縮的寒氣。

寒意的來源，正是狼人T身邊的這個人。

貓女！

而狼人T猛一回頭，眼角餘光看到貓女的手腕，竟然閃過一絲銳利的金光。

那是跟小喬的銀刀外型一模一樣的，金刀。

「原來，妳不是貓女……原來，這個陣竟然有兩個敵人！」狼人T此刻才發現，卻已經太遲了，此刻這個冒牌貓女的金刀，已經來到了狼人T的胸口。

死神的金刀，閃過短短五公分的距離，零點零一秒的時間，就抵達了狼人T的心臟。

狼人T苦笑。太疏忽了。

沒想到，這關的敵人竟然會有兩個啊！諸葛孔明果然夠厲害，一個陷阱的背後，竟然是另外一個陷阱。

好一個「雙重陷阱」啊！

可是，就在狼人T無奈的這一刻，一股新的力量，卻介入了戰局。

這力量，是一個聲音。

一個慵懶而嬌滴滴的聲音。「狼人T，你也太遲鈍了吧！連我貓女長什麼樣子，你都會弄混？」

「哼。」狼人T只來得及用鼻孔哼出一聲抗議的鼻音，隨即，一股強大蠻橫的力量，抓住了狼人T後頸的長毛。

力量一抖，使勁把狼人T往後摔去！

狼人T只覺得一陣頭暈目眩，原本碰到自己胸口的那把金刃，在這一電光火石的瞬間，在差距只有零點一公分的距離的地方，停住了。

不，不是金刀停住，而是往後飛起來的狼人T，以超越金刀的速度，被猛力往後扯去！

「貓女！痛痛痛！妳下手不會輕一點啊！」狼人T一邊往後跌開，一邊嘴裡大嚷。

而就在狼人T往後飛的時候，一個身影取代了他的位置，和冒牌貓女面對面。

她不是別人，就是正牌的貓女。

冒牌貨大驚，她看遍三國高手，幾乎沒有人可以達到貓女這樣迅捷的神速，竟然可以在這麼短的時間內，拋走狼人，然後錯位到他的位置上。

唯今之計，只有搏命了！她手上的刀一送，直插向貓女的臉。

她沒有想過可以重傷貓女，她只是想逼退這個快如魔鬼的煞星，替自己爭取一點退後的時間。

而當她的一刀送出，貓女頭一側，微笑閃過。冒牌貨才退了一步，就赫然發現……貓女的臉竟然還在她的面前，不偏不倚，還是三公分的距離。

「滾開！」她金刀又揮。貓女嘻嘻一笑避開。

可是，當她刀子揮過，她發現，貓女的臉，竟然還是在自己眼前三公分的地方。

「滾開！滾開！妳滾開啦！」冒牌貨手上的金刀已經揮舞的不成章法，貓女卻依然保持一貫的戲謔笑容，在冒牌貨面前。

不管對方的金刀怎麼揮動，貓女那張笑臉，始終保持在對方面前的三公分。

「滾開啦！」冒牌貨精疲力竭，終於跪了下來。

貓女依然掛著淺淺的微笑，凝視著眼前這個半跪的美麗女子。

「告訴我一個情報，我就饒妳一命。」貓女一手叉腰，玩弄著手上尖銳貓爪。「這個八陣圖究竟是怎麼回事？」

女子搖了搖頭。

「這八陣圖中，諸葛孔明到底藏身在哪一個門？」貓女手上的爪子透出森森殺氣。原本嬌俏可愛的貓女，此刻竟然變得恐怖無比。

而那個女人，看著貓女，嘴唇輕輕動了兩下。

「妳想說什麼？」

「我不會說的。唉。」那女子低下頭，輕輕嘆了一口氣。這口氣又是幽怨又是哀傷，光聽這聲嘆氣，彷彿就可以想像嘆氣者的絕美容顏。

「好美的嘆氣。」貓女微笑。「妳這招對我後面那隻大笨狼也許有效，但是我也是女生，妳的絕招恐怕……咦？」

貓女說到一半，忽然想到什麼似的，身形一蹲，伸出手指放在那女人的鼻下。

鼻下，已經沒有了氣息。

「選擇自殺了啊。」貓女苦笑，眼睛閃爍複雜而憂傷的光芒。「何苦呢，我身為女人，怎麼會為難妳？是因為害怕洩漏祕密？還是寧可回到地獄輪迴，也不願在這個遊戲中受辱呢？」

就在貓女看著眼前的冒牌貨，傻傻的發愣之際。

「貓女！」狼人T的大嗓門從後面傳了過來。「妳給我說清楚，剛剛妳明明有二十種救我的方法，妳幹嘛選擇把我往後亂摔！你給我說清楚！」

貓女深深吸了一口氣，收起憂傷的情緒，轉頭，又是一個燦爛的調皮笑容。

「嘻嘻。狼人T帥哥，我哪有故意啊，你以為你自己很輕嗎？把你往後摔，你當我很輕鬆嗎？」

「妳！還狡辯！」狼人T揮舞著爪子。「要不是看在妳救了我一命的份上……」

「咦？」貓女卻完全不理狼人T憤怒的表情，輕盈的一個矮身，從下方鑽過狼人T揮舞的雙手，然後貓女把臉貼近了狼人T的眼睛。

貓女一雙美麗而狡詰的大眼睛，眨了兩下，注視著狼人T的臉。

「妳瘋了，幹嘛一直看我的臉？」狼人T被看得渾身不自在。

「嘻嘻，你眼睛泛紅，難道剛剛哭過嗎？」貓女笑著。「好稀奇呢，英雄狼人會哭喔。」

「妳！」狼人T急忙用毛茸茸的大手，往自己臉上一陣亂抓。「我沒有哭，哪有哭？」

「嘻嘻，看你慌張的樣子，是西兒那個小姑娘嗎？」貓女不打算停止，繼續問道。

「妳，別說了！」狼人T一怒轉身，邁開腳步，開始狂奔起來。「我要走了！」

「喂！」貓女看著狼人T落荒而逃的模樣，忍不住好笑，柔軟的貓足往地上一蹬，就要追上狼人T。

只是，在貓女離開之前，她仍忍不住回頭看了地上的兩具屍體。

絕美的中國美女，寧可選擇死亡也不願意受辱，寧可選擇離開也不願意吐露一點機密，展現了多數男人都比不上的氣魄。

貓女輕輕嘆了一口氣。「誰說女人是弱者?同樣身為女人，我敬佩妳們。」

我敬佩妳們。

女人們。

可是，當狼人T和貓女突破了八陣中的一陣，他們卻絲毫不知道，他們的舉動正被兩派人馬密切注意著。

新竹的至高點清華大學中，少年H正站在宿舍的水塔上，凝神觀看大局。忽然，他原本沉靜的表情閃過一絲異色。

「怎麼了？」一旁的吸血鬼女問道。

「破了。」少年H注視著眼前這一大片新竹市景，密密麻麻的八色旗幟，忽然劇烈抖動起來。

「什麼破了？」

「八色旗幟其中一色，靈力剛剛忽然轉亮，然後瞬間消逝，表示有人闖入了該陣，八陣圖自動反擊了。」少年H注視著前方，嘴角揚起一個令人察覺不出的笑意。「如今那道顏色盡數消失，那表示該陣被破了，嗯，東北屬水，是『景門』！景門被破了！」

「這表示……」吸血鬼女金色的長髮飄飄，也隨著少年H微笑。「狼人T和貓女，已經在八陣圖中動了起來吧？」

「沒錯，」少年H從水塔一躍而下。「走吧。」

「走？走去哪？」

「八陣圖共有八個關卡，諸葛孔明躲在哪一個關卡，那就是生門，再找出諸葛孔明之前，我們要做一件事。」

「哪一件事？」吸血鬼女訝異的問。

「我們和貓女他們合作，把剩餘七個門全部都掀開。」少年H微笑。「那最後一個門，肯定就是諸葛孔明藏身的地方了。」

而同一時間，還有一批人馬也注意著貓女和狼人T這方的動靜。

一個男人，手持羽扇，面貌斯文。輕輕的嘆了一口氣。「景門被破，雙喬辛苦你們了，你們回家好好休息吧。」

「嗯，軍師，破了一門，現在該如何呢？」旁邊一位男子半坐半躺在椅子上，雖然他的面目模糊，但是光憑他的一句話，卻透露出無盡的霸者之氣。

「放心吧，雙喬守的景門，原本就是八陣中最弱的一門。敵人要平安闖過八陣，來到我們這裡，幾乎是不可能的。」

「嗯……」那人閉起眼睛，緩緩呼出了一口氣，用手指輕輕揉著右邊的太陽穴。「諸葛友人，這是我們第一次合作，請多多費心了。」

「當然。」手持羽扇的男人，對半坐的那人微微欠身。「我對爭霸天下毫無野心，但是，能有這樣機會讓我們重上戰場，也何嘗不是一次挑戰。是吧?曹操丞相。」

「呵呵。」曹操微笑。「是啊，數千年來為了躲避黑榜通緝，也著實把我們這群武將給悶壞了，能有機會活動一下筋骨，其實也不賴。」

「嗯。」

「這一次，讓我們見識一下，被稱作宋朝第一武學大師的少年H，究竟有多麼厲害吧！」

第三章《誰是內鬼？》

台北城。

法咖啡收到了夜王老大的留言，心情興奮的無以復加，夜王真不愧是她永遠的老大，竟然從絕對的殺陣中，硬是存活下來。

對她來說，擁有整個遊俠團的權力再誘人，也比不上和老大並肩作戰迷人。

可是，法咖啡這一陣興奮，卻沒有持續太久。

因為，在她的眼前，出現了好幾張緊急告急的文件。

第一張，是三天前的文件。

「急！薔薇軍團因為該團成員『小三』，及五十名戰士在台北中伏身亡，故薔薇團長野玫瑰親率大軍，直逼台北城，要遊俠團出面給個交代！」

第二張，則是兩天前的，這張文件的內容更讓法咖啡膽戰心驚。

「特急！薔薇軍團表面談判，私底下已經進行了攻擊，在台北城中和遊俠團的成員爆發接連激戰！」

第三張文件是昨天傳來的，其嚴重程度比起前兩張，更是有過之而無不及。

「超特急！薔薇破了遊俠團十七號、十九號、四號三個祕密據點，薔薇團又是如何知道祕密據點位置的？」

一直到今天的文件，也是這疊文件中的最上面一張，它用大紅筆寫著兩行觸目驚心的紅字。

「狂超特霹靂宇宙急！」

「薔薇團肆虐，遊俠團兵力損失已破三百人！夜王老大，您究竟在哪裡？」

這張文件，讓法咖啡原本期待見到老大的興奮心情，瞬間冷了下來。

小三的死，應該是黑榜刺客血腥瑪麗所為，薔薇團憑什麼怪罪到遊俠團身上來？

而且，薔薇軍團又是如何得知遊俠團的各個根據地？

這一切，究竟是怎麼一回事？

法咖啡優雅起身，一手拉起椅子上的白色外套，一個白色的迴旋，便將外套穿上，是的，純白的戰士要行動了。首先她要做的事情，就是找回夜王老大，只要老大回來，一百個薔薇軍團都不足為懼！

可是，法咖啡並不知道，正當她滿心期待見到夜王老大的時候，一個危機正潛伏在黑暗中的小巷裡面，等待著她。

一個可怕、兇險、針對法咖啡而來的危機，正等著她。

法咖啡剛結束一個她主持的密會，離開了祕密聚會的地點，和七八個人同時走了出來。

他們沒有說再見，就往四面散開，彼此裝作不認識，目的是隱藏彼此的身分。

遊俠團集會地點向來相當隱密，這次是隱藏羅斯福路的地下室二樓，以一家二手書局作為掩護，這家二手書店藏書相當豐富，提供了羅斯福路上台大學生既方便又便宜的購書管道。

連集會地點都選得這麼隱密，這就是低調的遊俠團，這就是令人著迷的神祕游俠團。

只是，這組織雖然成謎，卻同時擁有足以撼動台北城的驚人實力，他們曾在短短的三十分鐘內，先後癱瘓了台北各大系統，然後靠著阿努比斯和法咖啡兩人，一舉攻下總統府。

他們是傳說中的戰鬥團隊！是隱藏在台北市背後的不朽傳說！

而且，遊俠團團員都有一份平凡的職業，藏身在各大行業中，只等待夜王的一聲命下，才能召集所有的遊俠團員。

據說，連遊俠團的第二把交椅法咖啡，都摸不清楚遊俠團真正的人數，還有，團中究竟還有多少超過五十等級的高手？還有夜王那精準的情報網，究竟來自哪裡？

也因為遊俠團的強大，更讓所有人對薔薇團的鹵莽感到極大的疑惑。

「薔薇團竟然選擇和遊俠團正面對決？他們不怕被台北王者遊俠團全面反撲嗎？」

是因為薔薇軍團有靠山讓他們有恃無恐？或是他們這次的行動另有高人指點？這實在不像是薔薇團一貫的低調風格，難道他們內部組織也發生了什麼異變？

這些問題的答案，在法咖啡離開祕密組織後的十分鐘，立刻被她拋到腦後。

因為，她忽然聽到背後傳來一聲轟然巨響。

她一驚轉頭。

遠處，羅斯福路上，竄起了兇暴的火舌。

啊！是剛剛開會的二手書店！

然後，火舌中傳來混亂的法術召喚聲、工人引擎轉動聲、還有農夫喚來植物的爬搔聲、最後，是商人叫醒殘忍而好殺的怪物的嘶吼聲。

「薔薇軍團！是薔薇團團員！」遊俠團留守在地下室二樓的人發出怒吼。

她們只有五名女店員，卻絲毫無懼，以寡擊眾，在羅斯福路上炸出一顆又一顆充滿能量的法術球，試圖阻擋從四面八方不斷湧過來的敵人。

「薔薇軍團有三十個！不！他們有五十個！」另一個店員發出聲嘶力竭的狂吼。「他們超過五十人！別回來！遊俠團的成員，離開這裡！啊～～」

這店員發出慘呼之後，聲音嘎然而止……顯然是被薔薇軍團的大軍給殺了。

法咖啡聽到背後隊友的慘呼。心頭抽動了一下，那些二手店的店員，為什麼要發出這樣的嘶吼，就是要提醒那些剛剛才離開的隊友，千萬不要回頭……

一回去，就只是犧牲而已。

法咖啡只覺得腳步好沉重。她想回頭，她怎麼可以看到自己的隊友，遭到這樣的殺戮？

但是，只要一回頭，她就必須面對超過五十名以上的薔薇軍團，她被殺不打緊，重要的是她身上還背負著夜王老大的托付。

「別回頭！傻瓜！」

就在法咖啡猶豫之際，一隻男人的手，按住了法咖啡的肩膀。

法咖啡猛然回頭一看，驚呼，「是你！」

那男人對法咖啡搖了搖頭。「嗯，法咖啡二姐，妳千萬不能回去，妳一回去，就中了薔薇軍團的計謀了。」

「薔薇軍團的計謀？」

「是的，」那人面色嚴肅的說。「薔薇軍團在近日已經接連攻下七八個據點，都是刻意要引出遊俠團其他團員，回來救自己的夥伴，這招夠狠毒，我們不少團員因此喪生了！」

「可惡。」法咖啡身體因為生氣而微微顫抖著。「為什麼，薔薇軍團會知道我們祕密據點！難道是……是內鬼？」

「嗯，妳的推測非常合理，如果不是內鬼，以主遲植物為主的遲鈍薔薇軍團，不會熟知我們地點，甚至想出這麼陰險的計策……」那人苦笑，「沒錯，可惡，這時候老大偏偏不在，只要老大一啟動召集令，我們就可以像上次攻陷總統府一樣，全員出動了。」

「是啊。」法咖啡閉起眼睛。此刻，她身後夥伴的慘叫聲已經此起彼落，五個原本的店員已經被消滅，可是，卻有不少遊俠團的團員決定回頭。

他們還是決定回頭，迎擊那些殺了自己夥伴的敵人。

就算失去了生命，也要回頭尋找夥伴，這是遊俠團的義氣。薔薇團的卑鄙無恥之舉，遲早會引起地獄遊戲玩家共同唾棄的。

「二姐，我們都知道，只有妳知道老大的連絡方式，請妳快點告訴老大，讓他再把遊俠團給召集起來，我們一起把薔薇軍團打回去。」

「嗯。」法咖啡不置可否，只是閉起眼睛，她耳中夥伴的叫聲越來越稀薄，二手書店的戰鬥，已經接近尾聲了嗎？

「二姐，聽我的沒錯，如果妳怕自己被盯上，其實不用這樣孤軍奮鬥的，我們是結拜兄弟啊，我可以幫妳連絡。」

「嗯。」法咖啡依舊往前走著，背後的戰鬥聲音似乎結束了，剩下的，是二手書店大火所發出的零星爆裂聲。

又一個據點被抄，又有一群夥伴被殺了。

這一切，都是那該死的內鬼害的！

「嗯。」法咖啡又走了一分鐘，她踩在柏油路上的高跟鞋，才停住。

這一分鐘，法咖啡試圖讓自己的心跳恢復下來，但是，她突如其來的心跳加速，卻不是因為自己夥伴被殺。

而是，這個人剛才所說的話。

「我問你喔。」法咖啡此刻不再往前走，她抬起頭，閉起眼睛，迎面而來的溫暖薰風，竟然讓她全身微微發冷。「你，為什麼會知道，老大和我有特殊的連絡方式？」

「啊？」

「還有，」法咖啡慢慢轉過頭來，看著這個曾和自己拈香發誓，要同生共死的友人。「你，怎麼知道，老大回來了？」

「啊？」

「沒想到，我們要捉內鬼這麼久，內鬼，你竟然自己出現了。」法咖啡此刻沒有一點雀躍，原本冷酷幹練的眼睛，卻充滿了憤怒和悲傷的淚光。「我說得對嗎……老三，約翰走路。」

此時的法咖啡，一身剪裁合身的全套白色套裝，在人來人往羅斯福路上，她的眼睛中飽含淚水和憤怒，瞪著眼前的這個男人。

這個男人，唇上蓄著小鬍子，黑色的西裝將他修長的體型增添了一份穩重和俐落。

他是遊俠團的老三，約翰走路。

「呵呵，二姐啊，別在大馬路上掉眼淚嘛。」約翰走路嘻嘻的笑著。「這樣人家會以為我欺負妳欸。」

「你就是內鬼，對不對？」法咖啡咬著下唇，她將靈力集中到手指上的藍色寶石上，曾經橫掃群魔的『工數之錘』，隨著每一次藍光的漲縮，已經呼之欲出了。

「內鬼？」約翰走路微笑搖頭。「妳想太多了，親愛的老二，法咖啡。」

「哼。」法咖啡右手中的『工數之錘』已經完全成形，深藍色的錘體，透露出沉穩但是兇暴的殺氣，彷彿在等待著主人的一聲令下，就會撲上去擊爛眼前的獵物。「那你怎麼會知道，夜王老大和我有特殊的連絡方式？」

「呵呵，這用常理就可以判斷了。」約翰走路看著法咖啡，眼神中非笑似笑，然後約翰走路從懷裡掏出一只菸盒，輕輕敲出一根菸。「因為妳能掌握四大軍團的動向啊，那表示老大那張『名單』在妳的手上。不過，最近薔薇軍團意外的失控，不知道跟那位叫做『小三』的死有什麼關連？我猜，那個『小三』就是老大藏在薔薇團的內應吧？」

「約翰走路，倒是挺會猜的嘛。」法咖啡冷然的說。

「不好意思，我就是這麼厲害。」約翰走路點起了菸，他點菸的樣子十分優雅，從敲菸，手指夾菸，點燃打火機，咬住菸嘴，包括瞇起眼睛享受菸草香氣的表情，完全沒有絲毫多餘的動作，彷彿迷人的舞蹈動作。「既然我猜得到，敵人自然也猜得到，法咖啡妳肯定被人盯上了，與其妳一個人冒險和老大連絡，不如讓我來幫妳，如何？」

「嗯。」法咖啡睜著眼睛看著約翰走路，答非所問的說：「你抽菸的模樣，挺帥的嘛！」

「呵呵，沒錯，我只要在Pub點上一根菸，很少有女生會拒絕我的邀請呢。」約翰走路微笑。「當然，我不是故意在妳面前表演抽菸的，不過，如果妳有空的話，我們真該好好去喝杯咖啡，我請客，怎麼樣？」

「嗯，我們兩個人之間，好像真的有些嫌隙。」法咖啡看著約翰走路，她那雙可以說話的眼睛，射出了複雜的神情。

「嘻嘻，妳不知道為什麼總是拒我於千里之外，女孩子要這樣才可愛啊。」約翰走路往法咖啡走近了一步，原本冷靜優雅的表情，透露出渴望的神情。「我知道這附近有一家很棒的Pub，它的調酒還不錯，我們現在就去喝一杯？」

「是的，我對你的戒心，來自於你那太過精明的腦袋。」法咖啡沒有回答約翰走路的問題，反而低下頭沉思著。「我的戒心來自於，我不懂薔薇軍團何時變得這麼厲害，懂得攻擊我們的神祕據點，然後把同伴都引出來，奇怪的是，薔薇團裡都是沒有腦袋的植物，怎麼會想出這麼高明的計策？」

「喔？妳想說什麼，法咖啡？」約翰走路搖頭。

「但是，約翰走路。」法咖啡的眼睛眨著。「今天看到你，我就全部都懂了。」

「嗯？」

「因為，你就是內鬼，你就是那個把據點洩漏給薔薇軍團，然後設計我們遊俠團的人！因為你的腦袋太聰明，才能想出這樣的計策！」

「哈哈哈。」約翰走路發出大笑，只是，笑聲卻有些無奈。「哈哈哈，法咖啡，妳竟然是這樣看我的？」

「有什麼好笑的？」

「我笑妳的想像力啊。」約翰走路的笑聲慢慢的停了，「只是，為什麼妳總是要把我想成壞人呢？連一杯咖啡不願賞光？只要我稍微想要靠近妳，卻像是碰到了冰山？」

「不管你怎麼說，大笑也好，示弱也好。」法咖啡好像下定了決心。她手上的工數之鎚一甩，銀藍色的光芒一閃，就直接進入了第三層的狀態。「反正，我都要把你抓回去，你去和老大辯解吧！」

「喔？沒想到，要約妳出來喝咖啡這麼難？」約翰走路好整以暇的看著法咖啡手上的工數之鎚，他臉上的表情複雜。「難道是因為老大就要回來了？」

「哼。」法咖啡眼睛閃爍殺氣。「我和老大不一樣，老大說，要統御整個集團，就是要信任手下，所以他寧可犧牲自己，也要把內鬼誘出來，但是呢……我是個任性的女人，我的方式，就是把集團中每一個可能是內鬼的人……」

「把他們怎麼樣？」

「全部……」法咖啡大吼了一聲，雙手緊握工數之鎚，由上而下，對約翰走路狠狠砸了下去！「都・打・扁！」

法咖啡的工數之鎚，取名自大學課程中的「工程數學」，所有唸過理工的人都知道，如果把理工所有的課程當成一場勇者鬥惡龍的遊戲，那「工程數學」這科目，絕對有資格當最後一個魔王。

而且，還是那種闖幾次就會死幾次的「超級大魔王」，所以才會被稱作「七修不過的工程數學」。（註：這裡有作者自己的血淚史……）

工程數學之鎚，也是地獄遊戲中士人職業最恐怖也最難練的七大武器之一，跟它同等級的兇器，還有以離散數學為名的「離散之傘」，一把人稱「兩百零六韻，韻韻皆辛苦之稱的手風琴」聲韻學，法律專用「一百公斤六法全書精裝本」等等……

當然，在這一切武器中，沒有一樣比得上最神祕也最恐怖也是最後一件武器。

「血淚縱橫的畢業證書。」

據說，這武器可以讓士人這職業，瞬間釋放出一萬倍的能量，把附近所有的生靈全部覆滅，和敵人同歸於盡。

不過，就算在黎明的石碑上，也沒有關於這項法術的記錄，它之所以稱之為最終法術，就是因為看過這法術的人都不在了。

此刻，法咖啡雙手揮舞著手中的巨鎚，槌子每在法咖啡的手上轉一圈，槌子上駭人的殺氣就提升一層，很快的，已經步入了第四層了。

法咖啡知道，眼前這個男人，無論是腦袋或是靈力，都是罕見的勁敵！

「啊？第四層了欸。」約翰走路抬著頭，滿臉愕然。「法咖啡，你真的那麼恨我？」

「我討厭你，你自以為是的嘴臉，還有，幹嘛用抽菸來裝帥？」法咖啡怒喝，「所以，吃我一鎚吧，笨蛋！」

這句話剛說完，法咖啡手上的鎚子，帶著強勁暴風，直直的揮向了約翰走路。

此刻，約翰走路終於收起了一貫輕鬆的表情，取而代之的，是一陣高深莫測的冷笑。

「真麻煩啊。」約翰走路，吐了一口菸圈。在白濛濛的菸圈後頭，他手上的戒指發出了士人的深藍光芒。「以離散數學為概念，悲傷而且無法理解的數字概念……分離吧！離散之傘！」

一見到離散之傘，法咖啡心中暗叫。「糟！原來約翰走路的武器，竟然是『離散之傘』！」因為，她沒想到，約翰走路不只拿出了和『工數之鎚』同樣等級的武器，更糟糕的是，七大武器相生相剋，這把『離散之傘』剛好是『工數之鎚』的剋星啊！

可是法咖啡已經來不及收回手上揮舞的大鎚，「噹！」的一聲震耳巨響，鎚頭惡狠狠的撞上了離散之傘的傘面。

傘面，開始急速旋轉起來。

帶著絕對兇暴力量的『工數之鎚』，竟然敲不碎薄薄的紙傘面，反而被一股強大的旋勁，給整個帶著旋轉起來。

旋力之大超乎想像，讓法咖啡差點握不住手上的巨鎚，堅持不放開錘柄的她，身體被傘面急旋的力量給拉起，在空中轉了半圈，越過了數十公尺，才摔在地上。

『離散之傘』是能夠卸盡天下所有正面攻擊的無敵盾牌，剛剛好是肉搏武器之王『工數之鎚』的剋星，除非『工數之鎚』能練到頂峰第七層，方有和『離散之傘』一拼的實力。

「嘻嘻。」約翰走路轉動著手上的『離散之傘』，慢慢走到摔倒在地的法咖啡面前。「妳不是我的對手，放棄吧。」

「哼。」法咖啡一個翻身，手上的『工數之鎚』再度發出耀眼藍光，對著約翰走路的腰部，橫掃過去。

「就跟妳說，這是沒用的！」約翰走路搖頭，手上的『離散之傘』一收一放，剛好擋在法咖啡的『工數之鎚』之前。

噹！

這一次，法咖啡不但沒能傷害約翰走路，還被自己的強大的力道給反彈回來，劇痛中，『工數之鎚』脫手了。

「知道厲害了吧……」約翰走路才笑了兩聲，忽然聲音一變，「咦？」

因為，法咖啡手掌一翻，竟然又出現另外一把小鎚子。

小鎚子藏在法咖啡的手心，一翻而出，趁著大鎚被震掉之際，小鎚子像是一道閃電，瞬間竄向了約翰走路的胸口。

「好傢伙，第二把工數之鎚啊！」約翰走路臉上的表情先驚後喜，「妳總是不會讓我失望呢，法咖啡！」

法咖啡咬緊牙關，將『工數之鎚』一分為二的技巧，也是在地獄遊戲中從未記載過的，完全是她個人累積無數的實戰後，偶然間領悟到的技巧。

大鎚遠攻，小鎚近襲，此刻的法咖啡，面對麻煩又棘手的約翰走路，真的拿出了她壓箱底的實力了。

約翰走路看著那隻小鎚，鎚頭有如子彈，就要搗入自己的心臟。

奇怪的是，他沒有任何害怕的表情，取而代之的，卻是一種深思的沉默，一種令法咖啡擔憂的沉默。

絕頂聰明的約翰走路，究竟在深思什麼？

很快的，法咖啡就知道了答案。

因為，她引以為傲的小鎚，沒有鎚入約翰走路的胸口，沒有如預期的將約翰走路的胸骨，像是餅乾一樣整個敲碎。

傳到法咖啡掌心的，是一種又熟悉又令她全身驚懼的感覺。

旋轉。

約翰走路的胸口，正在旋轉？

法咖啡的瞳孔陡然收縮，眼神中，滿佈著不可思議。

因為這道旋轉，竟然來自另外一把『離散之傘』，一把突然從約翰走路胸口浮出來的『小離散之傘』。

「原來是這樣，原來是這樣，哈哈。」約翰走路放聲大笑。「原來要把靈力分開，是這麼一回事啊！還挺有趣的呢！」

「你！」法咖啡大驚，手上的小鎚也跟著被這把小傘給旋掉。「你！你竟然能馬上就領悟……」

「沒錯……」約翰走路一手抓住法咖啡的手，把他的臉靠近法咖啡，眼神中盡是驕傲的光芒。「老實跟妳說，因為我是個天才。我是這個地獄遊戲中，真正的戰鬥天才。」

「混蛋！」法咖啡的手被約翰走路一把抓住，掙脫了兩下，掙脫不開。「是天才又怎麼樣？你這個內鬼！」

「妳還是堅持我是內鬼？哼。」約翰走路臉上閃過一絲怒恚。「我只是想請妳喝杯咖啡，別以為我不敢……」

「不敢怎樣？」法咖啡個性倔強，反而抬起頭，直瞪約翰走路。

「不敢，對妳動手！」約翰走路手上的『離散之傘』高高舉起，傘面順應著他的靈力，立刻快速的旋轉起來。

傘面的側邊越轉越快，竟然隱隱透出銳利的銀光。

「法咖啡，妳在現實世界是一個唸過書的人，所以妳一定也知道，當一個物體高速旋轉，它邊緣會變得如何鋒利了吧？」

「你……」法咖啡看了一眼離散之傘，滿臉怒容的她，依舊沒有絲毫妥協的意思。

「我只是想跟妳喝杯咖啡，為什麼老是想盡辦法要打倒我？」約翰走路咬牙。「為什麼？」

「因為……」法咖啡遲疑了一下。她為什麼會這麼討厭約翰走路呢？

「因為什麼？」

「因為……」法咖啡如何講的出來，在她心中已經有了真正喜歡的人了，為了不讓那個男生誤會，她本能的就會排斥其他男生。

也許，約翰走路就是這樣奇怪情緒下的犧牲品。

「因為，」法咖啡低聲說：「你是一個……好……」

「別說！」約翰走路發出驚叫，聰明如他，顯然已經猜出了法咖啡想要說的內容了。「別說出最後一個字。」

「……好……人！」

約翰走路發出大叫，情緒失控之下，手上的『離散之傘』竟然飛脫而出。而離散之傘的邊緣，發出銳利的刀芒，直直對著法咖啡臉上切了下去。

剎那，法咖啡閉上了眼睛。

她輕輕嘆了一口氣，唯一可惜的是，她不但沒抓到內鬼，卻死在內鬼之手。

老大，你一定會幫我報仇吧？

我再也見不到你了，老大，為何只差這麼一面，只要再一下我就可以見到你了啊，老大。

約翰走路顯然也驚呆了，他看著自己的『離散之傘』，像是直升機的螺旋槳似的，就要打上法咖啡的臉上。

忽然，無意識的，約翰走路伸出了自己的手。

他想要用自己的手，去擋住這把傘。

他不想讓法咖啡受傷。

所以，就算犧牲一隻手，那又怎麼樣？

那隻離散之傘，的確沒有落在法咖啡的臉上，但是，奇怪的是，約翰走路的手，卻也毫髮無傷。

因為，有一個東西，在最關鍵的時刻，阻擋了『離散之傘』的行進路線。

這短短的打岔，讓約翰走路有機會去想起，其實他不用用自己的手去擋，只要取消靈力就好了。畢竟這是他自己的武器啊。

而當約翰走路收起了『離散之傘』，他看到了「這東西」的真正的模樣，這個阻止了離散之傘的物體。

接著，他露出了微微不解的神情。

因為，那東西竟然是一張鈔票！

「鈔票？是商人的武器？」約翰走路露出極度困惑的表情。「台北城裡面，哪來這麼厲害的商人，光用一張鈔票，就可以阻止我的『離散之傘』？」

台北城中，哪一個高手，是屬於金色的商人職業？

難道就在遊俠團之中？夜王老大是農夫，法咖啡和自己都是士人，而Mr.唐則是工人，唯一一個商人職業，難道是……

「老二和老三啊……」一個聲音，從羅斯福路的暗巷中傳了出來。「像打架這麼有趣的事情，怎麼都不找我老四啊？」

「錢鬼！」法咖啡坐在地上，大叫道：「老四，快來幫我，這個約翰走路是內鬼啊！」

踢踏踢踏的拖鞋聲，從暗巷中逐漸清晰了起來，暗巷中的那個身影，一貫的市井打扮，拖鞋，白色的背心，嘴裡刁著牙籤……

這個人，不是錢鬼是誰？

「哼，老四，你為什麼會在這裡？」約翰走路的表情顯然沒有剛才來得輕鬆，看得出來，他對錢鬼有一定程度的忌憚。

「我看見老三在欺負老二，所以我出現，有什麼問題嗎？嘻嘻。」錢鬼一手玩著嘴裡的牙籤，一手插在骯髒的短褲口袋裡面。

「你不去好好賣蚵仔麵線，來淌這混水？」約翰走路冷冷的說。

「嘻嘻。」錢鬼微笑。「你不去Pub把妹，跑來欺負我們最可愛的老二？」

法咖啡看到了錢鬼，原本被約翰走路打敗的鬱悶心情，立刻煙消雲散，她興奮的喊著：「錢鬼，讓我們一起聯手打敗約翰走路吧！」

「法咖啡，妳還不懂嗎？」約翰走路微微苦笑。「為什麼妳總是認為我是內鬼，想把我給除掉？」

「嘻嘻，既然老二有命，那我就不客氣啦！」錢鬼從口袋中掏出一張扇形的鈔票，用力搧啊搧。「老三，我們同列遊俠團五大高手之一，好像沒有真的交過手，對吧？」

就在法咖啡覺得情況轉危為安，她只要和錢鬼合作，一定可以擊敗約翰走路的時候……

忽然，她聞到了一種氣味。

這氣味又怪又噁心，而且，這味道似曾相識，好像在哪裡聞過？

法咖啡訝然轉頭，尋找氣味的來源，接著，她發現了惡臭的根源，竟然就在自己撐在地上的手掌之下。

法咖啡，強忍著噁心，慢慢的把自己的手掌翻開。

手掌的中央，竟是一團白色混濁的黏液。

黏液上，還附著一條又長又細的絲線，絲線的另一端，一直延伸到遠方。

法咖啡感到胃在猛烈翻騰，因為，她認出了這團東西的真實身分。

這東西來自中山捷運站前，曾和蜘蛛女娜娜纏鬥的醜陋怪物……

三腳蟾蜍的唾液！

法咖啡一見到這東西，腦海空白了一秒，瞬間，幾乎接近於直覺的，她手中藍光暴現，出現了『工數之鎚』。

如果真的是三腳蟾蜍這群怪物……那表示最強的敵人現身了！

法咖啡甩動『工數之鎚』，使勁的擊上了手上的絲線，「噹！」的一聲，柔軟而富有彈性的蟾蜍唾絲一陣顫動，卻沒有斷裂。

法咖啡咬著牙，又舉起了槌子。

她知道，她必須碾斷這絲線，不然，她就不可能逃掉對方的追擊。

可是，法咖啡第二鎚還沒有落下，一個深沉的影子，已經籠罩住了法咖啡嬌弱的身體。

法咖啡一驚，抬起頭，看見了眼前這個令她又噁心又恨的怪物。

「法咖啡寶貝。」三腳蟾蜍浮腫又佈滿毒瘤的臉，露出猥褻的笑容。「這一次，不會像上次那樣，讓妳逃掉了啊。」

法咖啡看著眼前這隻巨大的蟾蜍，還有蟾蜍背後白骨精瘦骨如柴的身影，法咖啡一咬牙，提氣大喊，她可沒有放棄任何一絲希望。

「錢鬼，敵人太強，我們一起衝出去！」法咖啡又喊了一次，她雙目凝視著眼前的三腳蟾蜍，對背後的錢鬼用力大喊。

「錢鬼！」

「錢鬼？」

法咖啡連喊了三次，卻發現錢鬼都沒有回應，她像是想到什麼似的，猛然回頭。

然後，一幅畫面，令法咖啡驚異，錯愕，失望，同時讓她歉疚哀傷的畫面，剎那間，深深的烙進了她的雙眼之中。

可是，法咖啡還來不及消化這幅畫面帶給她的強大震撼，一道強而有力的重捶，就直接擊在她的後腦上。

天旋地轉之下，法咖啡只能眼睜睜的看著這畫面轉變消逝，如同她的意識，逐漸模糊，然後慢慢的消逝而去。

慢慢的消逝……

第四章《八陣圖之休傷雙門》

新竹市，清華大學新齋樓上。

在貓女和狼人T大破雙喬把守的「景陣」之後，鎮守東南方的景門崩潰，八色旗幟中的紅色頓時消失。

而正在清華大學內部，觀望這一切的少年H和吸血鬼女，立刻決定要支援貓女兩人。

「八陣圖能夠擾亂人的心智，甚至產生自相殘殺的情況，所以，我們不能帶其他的士兵。」少年H對吸血鬼女說：「只有我們兩個，沒問題吧？」

「呵呵。」吸血鬼女微笑。「沒問題，這已經不是我們第一次合作了，難道你忘記我的實力了嗎？只是，你孤身進入八陣圖中，不怕新竹王城的部隊生變嗎？」

「當然不會。」少年H也報以微笑。「這裡除了我，還有一個謎樣的高手，他的名字叫做土地公……」

「土地公？那不是源自中國的一個小神？他能有多大的能力？」

「呵呵，他的實力到哪裡我也不知道，但是他的確強得很可靠。」少年H微笑。「如果沒有他，我們收服不了白老鼠和九尾狐，不然我們猛攻織田的時候，恐怕會遭受腹背受敵的慘況！」

「嗯……」吸血鬼女沉吟道：「這土地公，他打倒九尾狐？還是那個名列鑽石皇后，實力深不可測的九尾狐？」

「嗯，他沒說他是不是打倒……只是自從他去了一趟交通大學的宿舍，就交回了一張漂亮的成績單，原本遭到九尾狐迷惑的白老鼠，竟然自動復原了，這實在很奇怪。」

「嗯。」吸血鬼女沉思了半晌。「這土地公，難道是某位有名的神魔？連你都看不出他的真實身分？」

「也許。」少年H點頭。「但是很奇怪的，我卻寧願相信他，在他身上，我感覺到一種可以信賴的特質。」

「呵呵，小H相信，我也就相信。」吸血鬼女笑著說：「另外，從這裡到新竹市區可是有一大段距離的，怎麼樣？要我用翅膀載你一程嗎？」

「不用了。坐妳翅膀的滋味我嚐過了，還記得那次在曼哈頓追捕『蜘蛛人』的任務嗎？妳載著我在大樓縫隙中不斷穿梭，還專門飛小巷，害我差點暈機嘔吐勒。」

「哈哈，可是你最後還是用桃木劍，把蜘蛛人釘在牆上啦。」吸血鬼女聳了聳肩，「我以為你坐得很開心啊。」

「不不不，空中飛行這玩意太新潮，不適合我這個老道士了。」少年急忙搖手。「我另外有交通工具。」

「喔。」吸血鬼女饒有興趣的問：「什麼交通工具？」

「這東西，是我在這大學活動中心看到的，幾個小朋友聚在廣場上比賽嬉戲，我就借來玩，一開始還挺難上手的，可是後來一玩，才知道它是一個很有趣的東西。」說著說著，少年H就從腰際取下了一雙鞋。

而且是一雙形狀不凡的鞋子。

它的鞋筒很高，前端微尖，最重要的是，它的鞋底孩有三個排成一列的輪子。

「這是什麼？」吸血鬼女露出訝異的表情。「有點像是溜冰鞋？又有點像是滑輪鞋？」

「這個鞋子啊，是這學校中某個社團介紹給我的，也是這遊戲中的非常罕見的特殊道具。」

少年H晃了晃手上的鞋子。「他們叫這鞋子為……『瘋狂直排輪』！」

「瘋狂直排輪？」吸血鬼女喃喃重複了一次。「好像很好玩的樣子。」

「是啊，要一起來玩嗎？」

「嘻嘻，不用了，任務當前，我不玩這套的，但是，小H，如果你對這直排輪這麼有信心，那我和你打一賭吧！」吸血鬼女說。

「怎麼賭？」少年H嘴角溢出一絲微笑。

說起打賭，少年H和吸血鬼女都不約而同回想起，他們兩個還在曼哈頓獵鬼小組的那段歲月。

在羅賓漢J的領導下，他們將每次任務都視為一次遊戲，在遊戲中，他們不僅探索到了自己的能力，更在這過程中不斷的累積實力。

在當時，少年H和狼人T兩人最為要好，而他們最愛捉弄的對象，正是眼前這個嚴肅而美麗的吸血鬼女。

為什麼愛捉弄她？原因很簡單，是因為狼人和少年H都看見了吸血鬼女在冷酷外表下，那炙熱的心。

由於吸血鬼女從小就背負著吸血鬼B族的滅族血債，使得她在美貌的背後，隱藏著令人難以想像的孤冷，但是，唯有在這群曼哈頓獵鬼小組的隊友面前，吸血鬼女才能卸下心防，找回當初那個渴望陽光的小女孩。

吸血鬼女說：「我跟你賭……誰先破解八陣圖抓到諸葛孔明藏身的那一道門，怎麼樣？」

「喔？那我們就是要單獨行動囉？」少年H把腳上的直排輪鞋綁好，然後做出一個舒展筋骨的動作。

「是啊。」

「嗯，那賭什麼？」

「賭注是什麼啊？」吸血鬼女歪著頭，眼神直透透注視著少年H的雙眼，「對獵鬼小組來說，最珍貴的東西是什麼呢？什麼東西值得我們捨命加入獵鬼小組？」

「嗯，最重要的東西啊？」少年H微笑，老成的雙眼中閃爍頑皮童真的光芒。「妳想要我說出『心中最大的遺憾』，也就是我為什麼要加入獵鬼小組嗎？」

「哈哈，賓果！夠聰明。」吸血鬼女笑了。「不愧是曼哈頓獵鬼小組有史以來，最有潛力的新人！」

「呵呵。」少年H閉起眼睛，似乎在思索著吸血鬼女的提議。

然後，少年H忽然用力往前一躍，躍出了高樓的樓頂，就在吸血鬼女驚呼之際，少年H腳上的直排輪鞋，忽然噴出兩道淺淺的白煙，帶著少年H的雙腳飛行了起來

「好個瘋狂直排輪啊！」吸血鬼女看著少年H俐落矯健的身影，在空中有如大鷹般飛翔著，她忍不住大笑道。

接著，吸血鬼女迎面吹來一陣頂樓強勁的風，風中送來了少年H爽朗的笑聲。

「好，我答應妳，我們賭一把吧，吸血鬼女！」

少年H，加入獵鬼小組的時間是兩年。

外型酷似少年，動作俐落優雅像青年的他，思考成熟而充滿智慧，卻像老人。

他一開始給隊友們的形象，是沉穩中帶有一絲調皮，每天面對各種驚心動魄的怪物攻擊，他從未驚慌失常，彷彿這些生死交關的戰鬥，對他來說都像是家常便飯。

他嘴角永遠掛著輕鬆的微笑，和他對怪物所展現的霹靂手段，形成強烈對比。

看少年H的樣子，吸血鬼女不禁好奇，他在加入獵鬼小組之前，究竟是怎樣一號人物呢？什麼樣的人物，能揉合溫柔和英雄的特質，卻又投身在這樣一個的調皮少年身體裡面？

少年H，在生前是什麼樣的人？死後又曾經遇到什麼樣的事情呢？

這一切，對吸血鬼女和其他的隊員來說，都是謎。

他們只知道，少年H來自擁有五千年歷史的古老中國，是一位「道術」和「武術」兼備的高手。

吸血鬼女不禁聯想，也許，在這個看似輕鬆自在的強者男孩背後，有著跟吸血鬼女自己一樣，哀傷無比的回憶，和……一個終究難以達成的夢。

此時此刻，吸血鬼女看著少年H腳踩著瘋狂直排輪，翱翔在夕陽將盡的淡紫色天空中。

吸血鬼女歪著頭，笑了。

「少年H，因為你和我一樣，有著悲傷的味道……」吸血鬼女自言自語，「這一次，我一定會套出你的故事！」

新竹的軍隊帳篷中。

忽然，原本閉目養神的諸葛孔明，陡然睜開了眼睛。

「曹丞相。你感覺到了嗎？」

另外一邊，這位被尊為曹丞相的人物，摸了摸自己豪氣的鬍鬚。

「有人入陣了？」

「是的。」諸葛孔明臉上的表情似笑非笑，眼神閃爍熾熱的光芒。「而且，不只一個，還是兩個厲害的高手，因為連八陣圖都震動了起來。」

少年H腳踩著直排輪，翱翔在逐漸入夜的天空，他知道，入夜才是吸血鬼開始活躍的時間，也是吸血鬼女可以投入戰局的時刻。

少年H轉過頭，發現背後的新齋已經遠到肉眼不能分辨了。

吸血鬼女沒有跟來？是中間遇襲了？還是選擇了另外一條路呢？

少年H兩腳的後腳跟互相撞擊了一下，原本疾轉的輪子緩緩停止，然後他如同滑翔似的，緩緩落了地。

才剛落地，少年H發現眼前的景色竟然陡然改變。

原本該是熱鬧的新竹市區，卻被換上一條荒涼而陰森的小巷。

小巷中斷斷續續的強風，將垃圾吹得滿天飛舞。少年H昂起頭，一貫優雅輕鬆的他露出罕見的嚴肅，因為他想起了這裡是什麼地方了！

台北市的士林夜市。

也就是把他吞入地獄遊戲的地方。

如果敵人選擇這樣一個場景，那不用猜，就知道會是誰在這一個陣式中，等待少年H了。

「施主，好久不見。」在少年H的背後，響起了一個沉穩渾厚的嗓音。

「是啊，好久不見了……」少年H緩緩回頭，他看見一個光頭的男人，正盤腿坐在小巷的深處，背對著月光的臉上，是一片漆黑……

「原本約好要在台南王城見，可惜本軍團提前瓦解。」對方的聲音聽起來有著淡淡的遺憾。「只能委屈真人您，跟我在這八陣圖一聚了。」

「不會，在光復路上，我一路追擊潰散的織田信長部隊，卻在最後被一個陣型緊密的部隊給擋住，讓我的部隊屢攻不下。」少年H緩緩滑著直排輪，往這神祕人靠近。「當時我就猜，那部隊應該是你所率領的。」

「呼。」對方輕輕呼了一口氣。「真人您的帶兵相當優異，趁織田信長一死，軍心渙散之際，你帶兵傾巢而出，把他的手下一萬士兵殺得是全數覆滅，這一招出得漂亮。」

「多謝。」少年H微笑。「可惜，沒辦法和你在沙場上好好打一場，只是，你一身霸氣明明就在織田之上，之所以會屈居在他之下，應該是另有難言之隱吧。」

「呵呵，沒想到，真人您除了擅兵之外，還有如此細膩的觀察力。」那人緩緩站起，一手握住身旁圓棍。

那人的身軀不算高大，一襲袈裟隨夜風微微鼓動，那背對著月光的黑色身體，卻給人一種無與倫比的壓迫感。

「嗯。這些年，我待在黑榜，是為了贖罪，贖一個錯殺兄弟戰友的罪！」

「贖罪？」少年H搖頭苦笑，「待在黑榜中，算是哪門子的贖罪？」

「有時候，黑榜也是一種捷徑，離經叛道有時候比中規中矩，更容易達成目的。」那人聲音淡淡的，卻給人一種莫名悲傷的感覺。「更何況，待在織田旗下，對我來說是一種痛苦，痛苦才能讓人清醒，也是一種贖罪。」

「呼。」少年H吐出長長的一口氣。「我想說，我不認同你的做法，但是……」

「但是？」

「我能理解，那種遺憾。」少年H閉上了眼睛，「那種在地獄百年，空自等待，卻不能替自己的『遺憾』做點事情的感覺。」

「嗯，張真人。」那人微笑。「從遇到你第一天開始，我就知道你和一般獵鬼小組略有不同，你和我很像。」

「嗯。」

「我們都是外強內柔的人，外表的強悍完全隱藏了內心溫柔，我們太重情，只是情勢卻往往讓我們不得不如此。」那人微微一頓，「所以為了補救自己當年的缺憾，你加入了獵鬼小組，而我成為了黑榜的惡棍。」

「嗯。」

「那也是我們最大的不同。」那人閉上了眼睛，「那就是你是好人，而我卻是壞人，所以，我們註定要在戰場上對決。」

「是的……」少年H嘴角揚起淺淺的苦笑。「我們註定要打上一場。」

「難得遇到一個人，讓我話多了起來。」那人微笑。「真是難得啊……」

「我們都已經在地獄，說『來生』太不切實際，不然，我真的很想跟你說……」少年H眼神定定的看著眼前的人，「如果還有來生，我們一定要當並肩作戰的好兄弟，是嗎……曾將軍。」

那人微笑，沒有說話。

「或者，我該稱呼你為，」少年H嘴角溢著笑容。「日本戰國時代無愧於戰神名號的，『越後之龍』上杉謙信?」

在日本的歷史中，曾經有一個男人被尊稱為「當代戰神」，他有一身強悍到不可思議的武藝，能夠單騎衝破敵陣，在千軍萬馬中奪取對方大將的首級，加上他帶兵豪勇，故被稱為「越

後之龍」。

他的名字叫做上杉謙信，是越後的最後一個兒子，幼名「虎千代」，四歲喪母，之後出家信奉毘沙門天，改名上杉輝虎，法號謙信。上杉謙信雖然戰無不勝，被稱為戰國最強的武將，但是卻因信奉佛教，而後變成戰國時期罕見以仁為尊的武將。

他生平的宿敵，是一位名叫「甲斐之虎」的猛將，也就是歷史上知名的武將「武田信玄」，同時也是織田信長的繼位者。

比起「甲斐之虎」武田信玄精於謀略和征服天下的野心，「越後之龍」謙信卻是以俠義精神治國。

不過，謙信的死因卻始終成謎，他腦溢血死於茅廁之中，但是，另有傳言是這樣說的，謙信是因為看見被自己冤死的大將柿崎景家，滿懷愧疚而死。

對謙信來說，生平最大的遺憾，莫過於冤死了自己戰場上的生死兄弟，柿崎景家。

這一份遺憾，竟然化作鬼魂奪走這位仁慈的猛將。

明月照耀下，小巷一片清冷。

僧將軍慢慢的朝著少年Ｈ走了過來。

少年Ｈ露出稀有的嚴肅神情，因為僧將軍熟悉的壓迫感，再度壅塞整個小巷空間。

幾個月前，僧將軍的一拳，不但逼退了少年Ｈ，甚至把少年Ｈ誘進了地獄遊戲之中。

在當時，少年Ｈ就有預言，僧將軍的武力肯定是四將之首，不，可能還在織田信長之上。

只是，這樣的英雄竟然願意屈就於織田之下，實在令人匪夷所思，僧將軍身上肯定帶著非常深刻的遺憾，不然不會選擇這樣折磨自己的方式。

僧將軍，慢慢的往少年Ｈ靠近，幾乎每往前踩一步，空氣就像是被壓縮了一倍，強烈的壓迫感，像狂浪似的朝少年Ｈ猛壓過來。

「厲害。」少年Ｈ嘴角泛起了微笑，讚嘆道：「真厲害。」

就在僧將軍距離少年Ｈ大約五步的距離，少年Ｈ一晃，展開行動。

少年Ｈ知道，僧將軍此刻掌握了所有的氣勢，如果要扭轉情勢，唯一的辦法，就是反守為攻。

只見狹窄的小巷中，少年H的直排輪往牆壁一踩，一個凌空翻身，飛上了僧將軍的頭頂。

「喔？」僧將軍抬頭。

他看見，少年H右足的直排輪由上而下，筆直削落，在空中如同一道迅疾的火焰之斧，砍向了僧將軍的頭頂。

「腳踵落！」僧將軍大笑，手上的木棍揮出。

火焰乍然消散。少年H的腳沒有擊中僧將軍的頭頂，被僧將軍及時舉起手上的木棍，驚險擋住。

「高招。」僧將軍笑。

「這招，可不只這樣喔。」少年H微笑。瞬間，他將靈力灌入了腳下的直排輪之中。

瘋狂直排輪呼應著少年H的靈力，三只輪子急速旋轉起來。

「這個瘋狂直排輪，據說是遊戲中最難用的道具之一，因為它會按照使用者的能力和靈巧度進行各種變化。」少年H看著腳上直排輪的輪子，越轉越快……竟然帶起了周圍的風，形成一股隱含著殺氣的漩渦。

「喔？」僧將軍眼神閃過一絲詫異。

然後，他聽到手上的棍子發出「咖啦咖啦」的怪聲，並且急速抖動起來。

僧將軍一轉眼，木棍粉屑撲面而來，這讓他意識到了一件事。

「這雙直排輪，會把棍子鋸斷，一旦棍子斷掉，接下來斷掉的，肯定就是僧將軍自己的頭顱了！」

僧將軍不愧是身經百戰的戰神，狂喝一聲，雙手蘊含靈力，用力往前一推，立刻把棍子和直排輪整個推出去。

想當然爾，少年H也跟著被推了出去！

僧將軍的力道何等強大，少年H連人帶棍往後飛了出去，就在少年H和棍子糾纏之際，僧將軍右腳往地下一頓，整個人撲了過來。

僧將軍撲過來不打緊，竟然還帶著他獨門的武術。

那個曾經讓少年H連退三步的致命殺技。

「一擊必殺」。

「好樣的！」還飛在空中，無所依憑的少年H不驚反笑，「這麼快就出絕招啦！」

這一剎那，少年H的直排輪鋸斷了僧將軍的木棍，擺脫了木棍的糾纏，同時，快疾如電的僧將軍的拳頭，已經來了。

少年H身體在空中展現了驚人的柔軟度，像一條魚般彎曲起來，他身體變成「）」字形，腳在上頭在下，雙掌則剛好迎向僧將軍火爆的拳頭。

少年H手上蘊含著柔軟而強大的太極旋勁，撼上必殺剛拳。

一招，分出生死。

此刻，貓女和狼人T正在新竹的街道上跑著，他們沿著護城河，剛好抵達「大茶壺」茶店底下。

忽然，貓女停下了腳步。

「怎麼了？」一直苦苦追著貓女的狼人T，差點撞上貓女，氣喘吁吁的狼人T說：「妳終於跑累了吧，哼哼，我們先休息一下吧。」

貓女呼吸沒有亂，臉上更沒有一絲汗水。

只是皺起了眉頭，凝視著遠方。

「是我的錯覺嗎？這一瞬間，我感覺到H小子的靈氣。」

「啊？H小子嗎？」狼人T大喜。「他進到八陣圖中了？」

「是的，只是……」貓女側著頭，任憑黑色長髮倚上了肩膀，聲音裡頭卻是滿滿的擔憂。

「他的靈力，似乎……撞上了什麼強大的東西？瞬間散去了！」

士林夜市小巷中，冷風鼓鼓的吹著。

狹窄的牆壁兩邊，盡是一顆又一顆被靈氣砲彈擠壓出來的龜裂痕跡。

深黑色的龜裂紋，沿著牆壁一直延伸過去，活像是一隻惡龍從這條小巷中硬擠過去，這場戰鬥的激烈程度，由此可見一斑。

戰鬥，還在持續。

僧將軍的拳頭和少年H的雙掌相觸，原本無堅不摧的力道，卻沒有辦法貫穿少年H柔軟的身軀。

因為，少年H正在空中不斷的旋轉著。

在半空中有如一尊陀螺，少年H把「轉」字訣發揮到了極致，轉動中，把僧將軍的拳勁卸往小巷的牆壁上，然後在牆上印下一記又一記巨大的拳印。

僧將軍拳勁再強，也終會有極限，在少年不斷旋轉的卸勁之下，僧將軍右拳的力量已窮。

「好。」僧將軍讚嘆了一聲。

「不錯吧？」少年H的力量也到了極限，轉速漸漸慢了下來。

「是不錯。」僧將軍嘴角露出難得一見的笑意，「但是，我剛剛只打出了右拳，現在，該是換左拳的時候了。」

左拳？

還有左拳？

在少年H領悟這兩個字之前，僧將軍的左拳已經如神魔降臨，還帶著翻天覆地的巨浪威力，直捲了過來。

「嘖嘖，不得了！原來你一直保留實力啊！左拳的力量竟然遠比右拳還強？」少年H眼睛大睜，他一身太極靈力，完全比不上對方驚濤駭浪般狂暴力量，瞬間，就被整個吞噬，再也感受不到什麼了……

僧將軍無愧於日本的戰國名將，無愧於日本的戰神，他一直隱藏實力的左拳，像是一顆蘊含千萬能量的砲彈，直搗向少年H……

少年H萬萬沒料到對方在打出「一擊必殺的右拳」之後，竟然還有威力還在右拳之上的……

……左拳！

少年H剛剛使出來的太極之勢已經到了盡頭，又是面對距離這麼近的猛拳，少年H知道，自己已經沒有任何餘裕可以避開了。

沒錯，少年H沒有避開。

因為他知道自己避不了，也不能避。

是的，因為他依然記得這樣的感覺，曾經深陷無邊無際的靈力之海，只是他記憶中的那片靈海是亮橙色，而海洋的掌舵者，則是一個名叫默娘的女神。

是的，這就是少年H領悟可視靈波的驚險過程。

這一剎那，少年H證明了，他已經不只是地獄列車上的英雄。

而是足以和天上神魔，地下群豪一較高下的新生代高手。

如今，就在這一片由僧將軍全身靈力灌注而成的狂浪中，少年H的靈力不是沉沒了，而是潛入最深處，凝聚成一顆晶瑩的鑽石，準備替自己的破繭而出做最完美的準備。

「真人，老僧在此感到抱歉。」僧將軍左拳揮出，直轟中少年H，夾帶的狂暴靈力吞噬了少年H之後，僧將軍露出感傷的表情，「請您安息吧。」

「真人，就像您所說的，此生我們必須敵對，如果有來生，我還是願意和您當兄弟，一起並肩作戰。」僧將軍雙手合十，數著懷中的唸珠，內心默禱毘沙門天的咒語，希望能渡化少年

H的英靈。

「如果地獄之後還有地獄，等我離開了黑榜，我們再相見吧。」曾將軍默想著……「希望到時候，我們能夠站在同一陣線。唉。」

可是，就在曾將軍算到第三十三顆唸珠的時候，忽然，他手指一個失手，唸珠線竟然崩裂。

然後，曾將軍猛然抬起頭。

這剎那，他的眼睛裡頭，盡是不可思議的黑白光線流動。

新竹市，狼人T正費力追逐著，前方那個迅捷如電的苗條身影……貓女。

忽然，狼人T感覺到眼前的黑影一頓，倏然停住。眨眼間，狼人T的鼻子已經碰到了貓女背後的長髮。

「貓女！妳又怎麼了啦！幹嘛又緊急煞車啦！」狼人T差點撞上貓女，忍不住大嚷道。

「回來了。」貓女聲音喃喃自語，有如夢囈。

「什麼回來了？」狼人T一頭霧水。「誰回來了？」

「而且，不只是回來而已啊。」貓女滿臉驚喜。「原來，這才是他真正的實力啊！」

「誰啊？妳到底在說誰啊？」狼人T皺起眉頭。

「還有誰？」貓女微笑，手上『夫妻指環』閃閃發光。「當然是，小H啊！」

士林小巷中。

此刻的僧將軍眼前，是黑白兩色急速旋轉成的兩道銳利勾環。

這勾環轉成一個圓形，正是威名赫赫的太極圖。

太極圖範圍之大，已經籠罩了僧將軍所能看到的整片夜空。

連周圍的空氣都被這股強悍的旋勁所控制，化作一道又一道鎖鏈，捆住了僧將軍的全身。

「厲害。」僧將軍笑了。「這句話回贈給你，張真人啊，真是厲害！」

就在僧將軍的語音剛落，這個巨大的太極圖，在空中微微一頓，如同泰山崩裂，直壓了下來。

「又破了一個陣。」孔明羽扇停了，搖了搖頭。

「哪一個陣？」

「一位自告奮勇的日本武將，把守的『休門』，」孔明表情平靜。「這位武將的名字，好像叫做僧將軍……」

「唉。」曹操輕嘆了一聲。「日本武將嗎？我生平最是愛才，沒想到還沒與他見面，就痛失英才了。」

「呵呵，不過曹丞相您接下來就不用擔心了。」孔明搖了搖羽扇，還是那副泰然自若的神氣。「因為下一個人，不但是個人才，而且您一定挺熟的。」

「喔？」

「這個人負責把守『傷門』，此門是八門中戾氣僅次於『死門』的至凶之門，要能控制此門，除了本身武藝要高強之外，本身更要帶有一定程度的霸戾之氣才行。」

「喔？三國中，有誰能擔當此重任呢？」

「有。」孔明微笑。「那個人不僅戰鬥精強，對您更是誓死效忠，可惜最後卻死在萬箭穿心之下。」

曹操眼睛一亮。「你說的是他？」

「是的，他就是『古之惡來』……」孔明手上的羽扇一抖，「典韋！」

典韋，陳留已丘人，身材魁梧，臂力過人，個性忠誠猛勇，生前擔任曹操侍衛隊長，保護曹操晝夜不離。「濮陽之役」時，他隻身穿入千軍萬馬，搶出曹操脫險，手上武器在戰場上殺出一條蜿蜒血路，締造一代狂戰士傳奇。

但是，典韋的成就始於忠心，卻也葬於忠心。宛城之役，曹操因為貪戀女色受到張繡千軍圍擊，當時典韋赤手空拳，以身護主，以雙手撥開千萬枝羽箭，掩護曹操從寨門奔逃。曹操遠去，典韋卻孤身留下來殿後。三國演義中記載，典韋當時手無寸鐵，竟然兩手各提著一個敵軍的頭顱，以人身當武器，擊斃無數敵軍。

終於，張繡驚恐典韋神威，號令軍士以箭雨射之，當時的城門前，箭雨落了好幾個時辰，雨中仍可聽到典韋的怒吼聲久久不斷。

終於，雨停了。箭停了。

典韋全身浴血，在箭雨中斷氣，卻依然屹立不倒。

張繡大軍看著典韋死去，過了許久，仍無人敢從此門經過。

這一仗，典韋渾身鐵膽，無愧「古之惡來」的狂者之名。

吸血鬼女的起步比少年H晚了約三分鐘，可是，就在這短短的三分鐘，八陣圖卻轉動了一個門，將吸血鬼女吸入了另外一個陣法中。

「同樣的入口，只要時間不一樣，就會進入不同的門啊？」吸血鬼女背後的黑色披風，隨風抖開，露出她窈窕迷人的身材。「所以說，這陣法是會自己轉動的囉？」

此刻，太陽已經完全下山，帶著微微戰慄氣息的黑夜，包圍了新竹市。

吸血鬼女環顧周圍，這裡是新竹市的風城大廈旁，明明該是人潮擁擠的百貨公司，此刻，所有的人卻都像是人間蒸發一樣，消失了蹤影，徒留下一片死寂的空城。

吸血鬼女皺著眉。她不喜歡這樣的感覺。

就在這個時候，吸血鬼女聽到了一個腳步聲。

碰！碰！碰！

這腳步聲沉重無比，顯然來者來頭不小。

吸血鬼女歪著頭，半邊金髮垂下，她目視著腳步聲來臨的方向。

碰！碰！碰！

腳步聲的主人顯然相當有自信，完全不隱藏自己的行蹤，大剌剌往吸血鬼女的方向靠近。

遇到這樣的情況，吸血鬼女皺起了眉頭，因為憑著自己豐富的獵鬼經驗，敢這樣囂張的怪物不是太白目，就是強得嚇人。

或者說，這個怪物是因為太強，所以白目？

腳步聲越來越近，越來越近，近到吸血鬼女必須仰起頭，才能看清楚這隻怪物的模樣。

一座鐵塔似的怪物，矗立出現在吸血鬼女的面前。

這怪物的身高大概兩百公分，一身橫練的肌肉，嘴角是豪邁的長黑大鬍，雖然外表粗邁，眼睛卻透露著狂暴的冷光。

更引人注目的，是這怪物的身體上，竟然插著將近百隻的羽箭，有的羽箭完整無缺，有的羽箭已經折斷，也有箭直沒入怪物的身體裡，甚至是箭頭從他的身體中透了出來。

密密麻麻的羽箭，把怪物包裹成一隻刺蝟。還是一隻霸氣強橫的巨大刺蝟。

「這隻怪物，是被亂箭射死的嗎？」吸血鬼女看到這怪物的模樣，莫名的膽戰心驚。

怪物凝視著吸血鬼女，許久。忽然他笑了，露出雪白的大牙，還伸出一隻滿是刀箭傷痕的大手。

「妳好。」怪物的身形雖然魁梧，笑起來的兩排白齒卻像極了小孩。「我是八陣圖中『傷門』的守門員，我叫典韋！」

吸血鬼女，加入曼哈頓獵鬼小組的時間超過兩百年，在她「抓鬼檔案」紀錄檔案裡面，共紀錄超過一千五百隻鬼怪，這樣驚人的成績，使她獲得曼哈頓獵鬼小組四星勳章，是最年輕的紀錄保持人。

為什麼她能成為獵鬼小組的記錄保持者？因為她夠強，夠快，夠狠，夠聰明，還有，她夠漂亮。

她是所有夥伴中，能力最均衡的戰士。

她生平最大的敗績，也可以說是雖敗猶榮，那是在數個月前的地獄列車事件，第七節車廂，吸血鬼女遇見了所有吸血鬼的始祖——德古拉。

但是這場戰鬥，不但沒有因此削弱吸血鬼女的威名，反而藉由德古拉純粹的血，讓吸血鬼女提升了一個層次。

一個能夠更接近宿敵『血腥瑪麗』的層次。

而且，更讓人驚訝的是，吸血鬼女還收養了一個人類小女孩。

有人說，吸血鬼女是獵鬼小組中最複雜的一個角色，她的強究竟是來自於她的血債？還是她身為一個母親呢？

我想，這個問題，只有吸血鬼女自己知道吧。

不過，像吸血鬼女這樣完美的戰士，現在，卻遭遇了她獵鬼史上數一數二的災難。

因為，她整個人被一股巨大的力量，擠入了新竹風城大廈的牆壁大洞裡頭，全身的劇痛提醒著她，她剛剛狠狠地挨了敵人一擊。

只是，真正讓吸血鬼女困惑的是，她竟然完全沒有被攻擊的印象。

她眼前，這個叫做典韋的武將，手上正拿著一把箭，露出那如孩童般的笑容。

「耐打。」典韋嘻嘻的笑著。「我喜歡。」

「這傢伙，剛才究竟是怎麼攻擊我的？」吸血鬼女從牆壁的大洞中，硬是擠了出來，抹去額頭上湧出來的血絲。「這個叫作典韋的怪物，究竟是什麼時候撲過來的？」

可是，吸血鬼女還沒能搞清楚，忽然，她聽到了自己左腳小腿扭折的聲音，喀啦一聲，銳利的疼痛讓她差點放棄自尊，單膝跪地。

吸血鬼女挺住了，她沒有跪下。

這一刻，吸血鬼女腦海又升起了相同的疑問。「典韋究竟是什麼時候？又怎麼攻擊她的？」她雖然詫異，卻沒有絲毫放棄的念頭，她摸著自己的左腳小腿，等待吸血鬼族驚人的再生力，來復原她的小腿。

而同一時間，吸血鬼女抬起頭，睜著一雙美麗而深邃的眼睛，狠狠地看著眼前的怪物，正拿著長箭把玩的典韋。

「肯定有特殊能力！」吸血鬼女咬著牙，露出不服輸笑容。「不愧是地獄遊戲裡的大妖怪，果然不是曼哈頓那些小妖小魔能夠比得上的啊！」

新竹八陣圖中，休門。

少年H靈力所構成的太極圖緩緩消散，整個士林小巷完全被夷平，連一點斷瓦殘磚都沒有剩下。

比起當年的「背不完的十萬個英文單字」，威力還要強上十倍以上。

少年H的身影，從這片平坦的廢墟中站立著。

只是不知道為何，少年H的背上，還多背著一個人。

仔細一看，少年H背上的那個人是光頭，袈裟，壯碩的身材，不是僧將軍是誰？

「為什麼不殺我？」重傷的僧將軍氣若遊絲。「為什麼在最後一刻，把我從太極圖底下，給救了出來？」

「我不殺你的理由，你還不懂嗎？」少年H說。

僧將軍搖頭。

少年H的微笑，在月光下，是純淨的堅決。「因為，我從來不殺朋友的。」

「啊？」

「會為死去的兄弟哀痛，這樣的朋友，實在很值得一交！」少年H嘻嘻一笑，放下了僧將軍。「我不殺朋友的，尤其是像你這樣的好朋友。」

「……」僧將軍沒有說話，只是看著眼前的少年右腳往後一踢，腳下直排輪像是浮在水面一樣，往前滑去。

「再見了，朋友，這場戰役結束，別忘了我們還有一個酒約啊。」少年H沒有回頭，只是伸出右手，用力握拳。

這握緊的拳頭，象徵著約定、信賴、還有友情。

月光下，僧將軍看著少年H逐漸縮小的背影，他愣了許久、許久……

然後，一個僧將軍自己都沒有察覺到的笑容，在他的嘴角悄悄泛開。

「朋友嗎？」僧將軍閉上了眼睛，彷彿在回味這兩個字的溫度似的，輕輕複誦了一遍。

「我也很高興認識你這個好朋友啊，少年H。」

第五章《再造傳說》

新竹。

法咖啡中伏被捕的消息，在整個台北城中，以耳語的方式，快速的蔓延著。

而且這樣的消息還不只如此，台北捷運看板上的「黎明石碑」，還分別寫著……

「遊俠團失去了老五Mr.唐後，又接連中伏，一代王朝的滅亡喪鐘、就要被薔薇團敲響了嗎？」

「遊俠團面臨崩潰？薔薇團大破遊俠團二十個據點！夜王為何沉默？」

「夜王消失，法咖啡也失去蹤影，奇怪！奇怪！真奇怪！老三約翰走路和老四錢鬼也不出面，台北的地下傳奇『遊俠團』已經走到末路了？」

可疑的是，遊俠團沒有人對這樣的流言進行澄清，締造半小時內滅亡台北王城的遊俠團，難道真的瓦解了嗎？

可是，沒人知道，此刻一個足以扭轉整個情勢的男人，正穿著黑色大衣，站在台北市的中山捷運站前。

他戴著一頂黑色的帽子，遮住了半邊臉，只露出一雙深邃而沉穩的眼睛。

他正在等人。

但是，他等的人似乎遲到了，而且還遲到了很久。

他沒有多說什麼，也沒有因為等太久而暴怒，他只是安靜的等著，因為他相信他等的那個人，無論風雨晴天，她一定會來。

除非，她出事了。

「沒來，連她也被抓了嗎？」男人慢慢的把眼睛閉起，忽然他右手上，一把獵槍從透明慢慢清晰起來，古老的木質槍柄，上面佈滿斑斑的火藥硝石痕跡。

如果說，傷痕是男人的勳章，而火藥痕跡就是獵槍的光榮印記。

「法咖啡，沒來。」男人長長吐了一口氣，好像無奈，又帶著幾分即將暴漲出來的憤怒。

「我該從哪裡要人呢？」

「妳不會爽約的，我知道，所以你一定是被綁架了。」男人慢慢轉身，踏上了中山站的階梯。「放心，就算翻開整個台北城，都一定找到妳。」

雖然這男人只是一個人，但是只要報出他的名號，相信沒有一個人敢去懷疑，他有隻手翻開台北城的能力！

因為，他就是曾經在台北城締造無數傳說的男人。

他是，夜王阿努比斯。

阿努比斯搭上了捷運，在捷運台北站下車，然後順著捷運的路，走進了台北市的地下道商圈。

綜觀全台灣的上百個都市，台北市可以說是唯一一座，將商業觸角伸展到地底的城市，原因很簡單，因為過度發展的台北城所能容納的人口已經繃緊到了極限，所以它往上也往下擴展自己的疆土，往上像是世界第一高的一〇一大樓，往下則是建造了像是棋盤迷宮的地下商城。

阿努比斯並不喜歡走入地下道，因為他喜歡天空，所以他選擇一〇一大樓做為他的王座，而不是會讓人迷失方向的地下商城。

但是，就算他不喜歡地下道，他仍然必須來這裡。

因為，這裡有一種人，是此刻的阿努比斯正要找尋的。這一種人，他們習慣在終日曬不到太陽的地下道潛伏，他們雖然失去了人類仰賴陽光判斷方向的本能，卻擁有了一種更高明的方向感，一種融合了嗅覺、聽覺，以及直覺的方向辨識能力。

更可怕的是，雖然他們從未離開地下道，他們的情報網卻像是複雜密佈的地下商城，無所不在，無所不能滲透。

他們是台北城地底下的落魄帝王。

他們是，地下道遊民。

或者說，他們是地獄遊戲中的，丐幫。

阿努比斯需要地下道遊民，因為阿努比斯需要情報。

他在地下道走著走著，此刻的時間已經接近晚上十點。

當晚上十點的鐘被敲響，所有在地下商圈買賣的小販都知道，就是必須以最快速度收拾東西，離開地下道的時候了。

因為，「他們」即將出現。

夜晚，地下遊民們即將接管整個台北城的地下王國。

不過，今天卻有點不同，十點剛過，當所有的小販都以半奔逃的姿態，爭相踩著樓梯，離開地下道的時候。

卻有一個人沒有動。

他站在地下道的正中央，安靜的等待著這群地下遊民的出現。

他不畏懼地下遊民，因為，這幾個月以來，他所領導的遊俠團之所以能縱橫整個台北市，有一半的功勞來自這群地下的居民。

也可以這樣說，遊俠團之所以神祕無比，行蹤無定，因為有一部份的團員來自地底，使得情報網密佈的四大勢力，也解不開遊俠團的全貌。

「哎呦，稀客稀客……」空蕩的地下道中，一個人影，跛著腳慢慢的出現。「夜王老大您來啦。」

阿努比斯沒有轉頭。

因為，在這個人出現的同時，阿努比斯的頭頂、腳下、兩側的牆壁上，竟然同時浮出幾個影子。影子手裡持著各種武器，以迅捷無比的速度竄過阿努比斯的身邊……

阿努比斯依然沒有說話，只是嘴角露出了淡淡的冷笑。

幾個影子以阿努比斯為中心，快速交叉移動著，忽然，影子們微微一頓，亮出真身，揮舞著手上的武器，同時撲向了阿努比斯。

「哼。」阿努比斯輕輕哼了一聲。

數個黑影高速交錯，擾亂著阿努比斯的視線，然後所有黑影同時發動猛撲，亮晃晃數根利刃，同時沒入了阿努比斯身體裡面。

「嘿。」黑影發出歡呼。「原來傳說中的夜王，不過爾爾……」

不過，就在黑影們洋洋得意的時候，卻聽到跛腳的遊民發出一聲暴吼！

「傻瓜！你們刺到哪裡去了！」

聽到這聲暴吼，黑影們發出了一聲聲怪叫，因為他們猛然發現，他們引以為傲的利刃，竟然全數落空，在地板上插出一片凌亂的刀林。

該是這堆刀林的主角，阿努比斯，卻消失了。

而且，就在同一個時刻，一件更詭異的事情發生了。

竟然起霧了。

不該起霧的地下道，竟然從四面八方滲入白冷的氣息。

轉眼間，所有人都被包裹在一片伸手不見五指的陰森濃霧中。

「這是農夫的法術，迷霧森林！」黑影們慌張起身，想要往四方逃開，可是他們的腳跟還沒離開地面，就聽到那位跛腳乞丐又怒喝。

「你們這群笨蛋，別動！」

「為什麼？」黑影們還沒理解過來，就聽到濃霧的那頭，傳來一聲機器彈簧的聲音。

「卡搭！」

子彈上膛的聲音。

阿努比斯獵槍上膛的聲音。

「你們可以試著動動看，親愛的遊民們。」阿努比斯冷酷中帶著戲謔的聲音傳了出來。

「我的子彈是非常香甜可口的，而且保證，你們人人都吃得到。」

黑影們面面相覷，不敢再動，在濃霧中他們恢復原形，竟然是一個又一個穿著破爛，滿臉污垢的遊民。

奇特的是，這些遊民的背上都扛著幾個小小的布袋，布袋的數量從四個到五個不等。

「夜王啊夜王，你幹嘛這麼小氣啦。」這時候，那個一開始出現在地下道中的跛腳遊民，嘻嘻的笑了。「我的兄弟們只是想試試看，您老的身手有沒有退步啊？」

「哼，恐怕不是這樣吧。」濃霧漸漸散去，提著獵槍的阿努比斯，冷酷威武的黑色身影從濃霧中顯露了出來。

「嘻嘻，您要知道，台北城一直以來就是強者生存的世界，您如果退步了，維護台北城秩序的重責大任，就落到我們身上啦。」那跛腳乞丐伸出手指頭挖了挖鼻孔，他的左手上竟然缺了一根小指。「我們可是一片好心呢。」

「哼，好心個屁。」阿努比斯低哼一聲，「我們明人不說暗話，九指怪丐，我要情報。」

「你要什麼情報？」

「我要知道，是誰綁架了法咖啡。」

「你要用什麼代價買？」九指怪丐嘻嘻的笑著。

「哈哈，你竟然敢跟我討價錢。」阿努比斯伸出了一根指頭。「很好，我用一條命來換。」

「喔？一條命，這交易不錯啊。」九指丐露出饒有興趣的表情。「是誰的命呢？」

「還用問嘛？」阿努比斯露出佈滿殺氣微笑。「當然是……你的命。」

「啊？我的命？」九指丐一愣。

「因為你不告訴我，你就死定了。」阿努比斯淡淡的說。「所以這個情報很值錢，因為它值你一條命，很划算吧？」

「老大，嘿嘿。」九指丐先驚後笑，藉著大笑掩飾內心的惶恐。「媽啊，我說夜王啊，你竟然把我們丐幫的『無賴談判法』學得入木三分，你真是有天分，要不要加入我丐幫，我給你優待，從五袋弟子開始升級？」

「廢話少說，快點告訴我。」阿努比斯說。

「是是，我說我說，老大您別急嘛……你的敵人很棘手，是一隻大蟾蜍，一隻白骨精，對了，還有一個專門拿紅纓長槍的高手。」九指丐聳肩。「他們現在藏在薔薇團台北的根據地，而薔薇團的團長野玫瑰，已經被他們控制了。」

「是黑榜群妖啊。」阿努比斯皺起了眉頭。「果然夠棘手。」

「是啊，而且那群非現實的怪物，恐怕還不只他們而已，有一個吸血鬼女王真他媽的強，我們連死了十五個弟兄還是查不到她任何情報，尤其是她的特殊能力。」九指丐搖頭。「夜王，我奉勸你誰都可以碰，千萬別碰她。」

「我知道。」阿努比斯把手上的獵槍甩到了肩上，往九指丐的方向走去。「她是血腥瑪麗。」

「嗯。」九指丐臉上閃過一絲苦笑。「更是黑榜上的紅心皇后。」

阿努比斯走過九指丐的時候，一手按住九指丐的肩膀，並且在他耳邊輕輕說了幾句話。

「謝謝你，其實你雖然名列黑榜，但是本性並不壞嘛。」阿努比斯的耳語是這樣說的。

「以後有機會，我會在地獄政府面前替你美言幾句的。」

「嘻嘻。」九指丐收起剛才對血腥瑪麗的懼怕，取而代之的又是九指丐一貫的嘻皮笑臉。

「阿努比斯老大，不是我不夠壞啊，而是你實在比我還壞！你和張真人都該列入黑榜，嘿嘿，我們黑榜會讓出兩張K給你們坐坐的。」

「哈。」阿努比斯揮了揮手，黑色背影逐漸消失在地下道的彼端。

「阿努比斯老大。」九指丐又用手指掏了掏鼻孔。「您這一去，可別死啊，不然台北城就不好玩了勒。」

當天晚上，薔薇團再度施展了「突襲遊俠團據點計畫」，他們以五十個人為單位，一開始由二十個人對一個落單的遊俠團據點，發動猛烈的攻擊，攻擊之際，還會刻意讓垂死的遊俠團團員發出大喊，引來其他的遊俠團員。

然後，薔薇團剩餘的三十人會再從暗處撲出來，對那些回來支援的遊俠團員，進行第二場屠殺。

薔薇團的這個計畫，剛好切中了行蹤成謎的遊俠團弱點，短短的幾個禮拜以內，遊俠團損失了將近三百名團員，被破獲了二十餘個據點，名震台北城的遊俠團，遇到了史上最大的危機。

而這個危機，全都肇因於遊俠團中的內鬼，因為是這個內鬼把遊俠團的祕密據點所在，賣給了薔薇團。

而今天晚上，薔薇團再度重施故技，他們以五十人唯一單位，攻擊一個位在「捷運雙連站」附近的據點，這是一家以燒麻薯著名的小店，所謂的燒麻薯，就是以剛炸過的麻薯，沾上香甜的花生粉。剛炸過的麻薯表面微酥，內部軟嫩，又帶有濃厚的花生甜香，美味到會讓人想要起身跳舞，而這碗燒麻薯正是該店的招牌。

這家店是遊俠團的祕密據點之一，因為遊俠團團員除了戰鬥力驚人之外，同時也是喜愛美食的饕客，能在充滿美食的環境中，討論未來的作戰計畫和情報，實在是一大享受。

二十名薔薇團團員站在這家燒麻薯店的外面，他們看了彼此一眼，臉上露出得意的詭笑，「再來一場屠殺吧！」然後他們同時舉起手上的寶石，法術發動！

薔薇團之所以被命名為「薔薇」，就是因為該團中多數的團員都是「農夫職業」，而且都是擅長種植花朵的「花農」。

在店門口，只看到二十人高舉右手，手指上同時綻放璀璨的綠光，二十道綠光在天空中匯聚起來，然後化作一張大網籠罩住整家店。

「囚禁吧！讓睡美人昏睡的荊棘園！」

隨著，天空中的綠光越來越強……越來越強……店門口周圍的土地中，竟然冒出密密麻麻的荊棘，荊棘像是帶刺的手臂往小店的牆壁上蔓延，不用一會，整個屋子就被荊棘包圍，變成一棟綠色的帶刺之屋。

而且荊棘上長出各式各樣的花朵，陣陣異香，像是毒氣一樣打進了屋子之中，瀰漫整間屋子。

「我們的花香可以麻痹敵人的行動，裡面的人應該已經無法動彈了吧！」二十人之中，有一個身穿淺藍色衣服的高挑美女說話了，看她模樣，應該是薔薇團行動的負責人。「我們進去吧！」

「是！」所有人一起面帶微笑。「這次，應該又是一次輕鬆愉快的任務了吧！」

可是，就在薔薇團團員們帶著輕鬆笑容，衝入了麻薯店，準備進行下一場屠殺的時候。一個畫面，在他們的面前出現，讓所有人都同時驚駭的止步。

「海竽隊長……」薔薇團的團員支吾的說。「這是……這是怎麼回事？」

「我……我不知道……」那位穿著淺藍色衣服的高挑美女，也無法立刻反應。

因為，在薔薇團團員面前的，竟然不是倒成一片的遊俠團員，反而是一片伸手不見五指的深邃濃霧。

濃霧不知道從何時悄悄的滲透入整間麻薯店，將原本燈光明亮的店面，籠罩成一片白濛的鬼域。

「這是農夫法術！迷霧森林！」海竽忽然驚覺，「是誰啟動了這法術？是你們不小心發動了嗎？」

「沒有啊……」薔薇團團員們面面相覷，而且，他們心裡還同時升起一個疑問……就算是不小心發動，他們能夠發出等級這樣高的法術嗎？

迷霧森林和荊棘園一樣，都是高難度的法術，尤其是要圈出這樣大範圍的結界，難度更是高。所以薔薇團要集合二十個人的力量，才能勉強架出一座荊棘園。

如今，他們眼前的迷霧森林，不只是範圍廣而已，還有濃稠到像是新鮮牛奶的白霧，而且能夠在這麼短的時間內，無聲無息的發動……這發動者的等級，肯定高得嚇人啊！

就在眾人一片驚疑之時，霧中忽然忽然傳來一陣濃郁的甜香，那是把剛炸好的麻薯放到花生粉之中，能激起人類味蕾神經的香味。

這甜香，蓋住了屋子中濃濃的花香。

「這是怎麼回事？」海竽驚疑不定的看著前方，「這是怎麼回事？怎麼回事啊？」

就在海竽驚恐之際，濃霧中，一名男子慢慢的走了過來。

男子穿著黑色風衣，頭戴木雕胡狼面具，手裡端著一碗還冒著白煙的花生炸麻薯。

「請問各位朋友，現在有兩道菜，東邊是燒麻薯花生，西邊是油炸薔薇團團員。」男子吃了一口麻薯，露出滿足的微笑。

「今晚，你們想要吃哪一道菜呢？」

「薔薇團所有成員聽著，用你們最強的法術攻擊！絕對不要留情！」

濃霧中，海芋憑著本能，發出了她加入薔薇團以來，最兇狠的命令。

因為她知道，她眼前的這個敵人，絕對是她進入遊戲以來，所遇過最兇狠的敵人。

可惜，她的命令雖然已經確實傳達出去。

但，卻已經沒有人可以執行這個命令了。

白色的濃霧裡頭，只剩下十九個玩家的屍體。屍體的背後全部都是碗口大的槍痕，而且連死前的哀號都來不及發出，就倒地了。

屍體抖動了兩下，就變成了一堆又一堆的道具。

「你……你……」海芋全身發抖，跌坐在地上，她心中湧起一股趨近原始本能式的恐懼。那恐懼，是生物遇到比自己強大上百倍的怪物，所產生的內分泌錯亂。

「你們薔薇團忘記了嗎？」黑衣男人走到了海芋的面前，蹲下。「我夜王也是農夫職業啊，要操縱結界，我會輸給你們嗎？」

「啊……你……你……」

「放心吧。」阿努比斯露出冷酷的微笑。「你不會馬上就死。」

「啊……你……」

「因為，我還需要妳，需要妳把外面剩下的三十個混蛋給引進來呢。」

「啊……」海芋完全無法抵抗，發白的嘴唇顫抖著。

海芋知道，眼前這個怪物，是絕對有資格可以說出這樣囂張的話，因為這男人，才是真正的怪物，他是縱橫台北城的傳說。

他是夜王，遊俠團中的帝王。

包圍著麻薯店的濃霧，在十分鐘後就悄悄散去了。

整家店中，剩下阿努比斯坐在最角落的椅子上，緩慢的吃著所剩無幾的油炸麻薯。

前方，傳來規律的「卡，卡，卡」聲音，那是鐵質義肢落在地上所發出的節奏，聲音由遠而近，然後停在阿努比斯的面前。

阿努比斯沒有抬頭。

「九指丐，要不要來一碗油炸麻薯，挺香的。」

「嘻嘻，好啊。」眼前這個人，果然是九指丐，怪異的聲音就是來自他的義肢，「我們丐幫向來是不會客氣的啊。」

「嗯。」

「老大，您還真夠猛，十分鐘內屠殺薔薇團五十個玩家。」九指丐回頭，看著滿地的遊戲道具。「這些道具，是留給我們的吧？」

「嗯，就當作這個情報的酬勞吧。」阿努比斯說。

「嘻嘻，老大你對我們還挺不賴的嘛，可惜連我也猜不出內鬼是誰？因為老二老三老四都一起消失了。」九指丐蹲在地下，隨手抓了一個道具，那是一個捲軸。「嘖嘖，老大，這道具很有趣，你帶在身上吧。」

「這是什麼？」

「這叫做『芒果亂報偷窺術』。」九指丐把玩著手上的捲軸。「如果你把這捲軸放在別人的腦袋上，就會隨機出現他的記憶片段，很有趣的。」

「哼。」阿努比斯搖頭。「我要這麼不光明正大的東西幹嘛？」

「好玩啊。」九指丐又在地上翻找了一下道具，只聽到他用力嘆了一口氣。「這裡沒有啊，果然那東西出現的機率太小了。」

「什麼東西？」

「聽說，目前商人職業最高等級道具已經出現了，這道具對使用者的要求是六十級，威力之強，幾乎可以和『血淚縱橫的畢業證書』匹敵！」

「喔？」阿努比斯眉毛揚起。「什麼東西這麼厲害？」

「聽說是一件衣服，叫做『二二六零』，是最強的戰鬥服，只要穿上它，商人就會擁有無限上綱的吸金能力，如果連它的配件『小柱柱』和『小綿綿』都收集起來，那就真的是天下無敵了。」

「感覺是很厲害，」阿努比斯吃完了最後一口麻薯，眼神盯著九指丐看了好一會，「不過有件奇怪的事，你在描述『二二六零』道具的時候，怎麼一副懷恨在心，咬牙切齒的模樣？」

「嘻嘻，老大好眼力，這世界上就是這麼不公平，其實我們也不想當乞丐，可是如果有人吸錢吸得太過分，就會有越來越多人變成乞丐啦。」九指丐搖頭。

「嗯，有道理。」阿努比斯點頭。

「不過，老大，我們回歸正題吧。」九指丐微笑。「根據我們跟蹤薔薇團的蹤跡，他們下一次的行動目標，應該會在台大附近，一家以割包出名的店，旁邊還有一家很好吃的青蛙撞奶。」

「嗯。」阿努比斯點頭。「我會攔截對方這次的任務，但是，事情不能這樣下去，我們得反守為攻才行。」

「反守為攻？」

「我們可不能一直等著薔薇團來打我們，要回頭抄他們在台北的基地。」阿努比斯雙目燃燒著昂然的鬥志。

「喔？」九指丐抓了抓骯髒的頭髮。「薔薇團這次傾巢而出，他們藏在台北火車站附近的南陽街裡，裡頭可是聚集了上千名有武力的玩家喔。」

「呵呵，九指丐，你會不會覺得這幾個月來，地獄遊戲中的台北城，有點無聊？」

「咦？」九指丐困惑的看著阿努比斯。「無……無聊？」

「這幾個月來，遊俠團一直保持低調，任憑薔薇團步步進逼，你不會覺得很無聊嗎？」阿努比斯說：「你猜遊俠團的夥伴在等什麼？」

「等……等什麼？」

「當然是在等，」阿努比斯微笑：「我！」

「你？」

「他們在等我，等我把他們召集起來，對薔薇團發動一次致命反撲，就像是攻陷台北城一樣。」阿努比斯十指交叉，優雅的儀態中有著粗獷的霸氣。

「老大，你的意思是？」

「我回來，就是真正的遊俠團回來了。」阿努比斯依然微笑，卻霸氣強烈到令九指丐全身顫抖。「是該讓薔薇團團員們，見識真正遊俠團的實力了。」

「老大……」

「九指丐，把消息放出去。」

「什麼消息？」

「我，阿努比斯。」阿努比斯比著自己。「回來了！」

回來了。

遲來的台北帝王。

第六章《吸血鬼女》

新竹的風城百貨公司之外，典韋施展了奇特的能力，將吸血鬼女打得是遍體鱗傷。

「根據地獄靈界的定律。」吸血鬼女從血泊中緩緩站起，驚人快速的復原能力，讓她右腳斷裂的骨頭迅速接合，雖然，復原的劇痛已經奪取了她不少體力。「一個亡靈擁有的特殊能力，必然和他生前的癖好、死前的願望、或者是死因有極大的關連。」

吸血鬼女看著眼前勇武高壯的典韋，典韋手上抓著一隻斷箭，身上有兩處箭傷正湧出絲絲鮮血。

「典韋死在亂箭之下，」吸血鬼女沉吟著：「難道他的特殊能力，和箭傷有關嗎？」

「不管怎麼說，」吸血鬼女眼睛閃過一絲凜冽殺意。「要逼出特殊能力的方法，只有一個，那就是……主動攻擊！」

連續不斷的主動攻擊，逼對方露出破綻。

才剛剛想到這裡，吸血鬼女就騰空躍起，黑色的斗篷在空中一個優雅的轉身，她的右腳就掃上了典韋的左臉。

吸血鬼女這一腳，蘊含了吸血鬼血統賦予的破壞力，以及她透過實戰和苦練所成的技巧。

雖然是簡單的一腳，無論是時機或是力道，都是完美顛毫，無可挑剔。

可是，這一剎那，吸血鬼女卻沒有感受到踢中典韋的實在感……取而代之的，卻是自己右腳清脆的骨折聲。

吸血鬼女感到困惑，典韋是怎麼進攻的？她為什麼完全看不出來。

她只在眼角餘光，看見典韋的右手拿著一把箭。

「再來！」吸血鬼女狂吼。

來自右腳的劇痛像是一把利刃，穿入了吸血鬼女的意識中，讓她痛的是咬牙切齒。

「再來！」吸血鬼女狂吼，她身體一個迴旋，左腳迴旋踢撕裂空氣而至，掃上典韋的右頰！

招數未到，吸血鬼女的左腳，又傳來一聲崩裂似的碎骨聲。

在此同時典韋的左手，多了一隻箭。「連續兩波攻擊啊，很好，可惜你的雙腳已經被廢，連站都不能站，看你還能幹什麼……」

「是嗎？」吸血鬼女咬牙微笑，堅強的她不會輕易讓自己雙膝跪地，她右手在地上一撐，左手如電，斬向了典韋的右腳。

「還有第三波攻擊，好強的意志！」典韋驚嘆，吸血鬼女一波一波如狂風暴雨的攻勢，終於讓典韋失去了悠閒，他右手急抓自己左臂上的一把箭，用力一拔！

噗滋一聲，典韋左臂上帶鉤的長箭脫離了肉體，還鉤出了一大片血肉。

而在同一時間，吸血鬼女原本破壞力十足的左手，卻像是枯朽的木頭，先是彎曲，然後像是毛巾一樣被慢慢扭轉，最後卡的一聲，折斷。

「吼啊～～！」吸血鬼女終於耐不住痛苦哀號起來，並且，用她僅存的右手往地上猛力一鎚。

風城百貨地板上沉重的石磚，被吸血鬼女的右拳一鎚，四五十個巨大的石磚同時脫離了原本的位置，往天空飄去。

沉重的石磚在空中互相碰撞，石屑紛飛，把夜晚的新竹風城，弄成一片迷濛難辨。

藉著這樣迷沙造成的煙霧，吸血鬼女靠著僅剩下的右手，抓住了風城的牆壁，像隻壁虎一樣往上逃竄，倉皇的逃出典韋直接攻擊的範圍。

吸血鬼女之所以要逃，並不是畏懼典韋的攻擊，而是她需要時間，來讓自己的身體復原。

因為，聰明如她，終於誘出了典韋「無時間無距離攻擊」的謎底。

謎底，就在箭。

典韋只要拔去自己身上的一支箭，敵人就會受到十倍的傷害。

這能力來自典韋死於亂箭之下，使他擁有了異常的靈格。

如果不是吸血鬼女發動連續三波的攻勢，恐怕也解不開典韋這利於暗殺的特殊能力。

「嘿。」吸血鬼女呼呼的喘氣，單手吊在風城上的她，雖然解開了典韋的祕密，也付出了極度慘痛的代價。

左腳、右腳，還有左手全部受到重創。就算恢復，吸血鬼女恐怕也沒有多少體力可以戰鬥了。

「不愧是吸血鬼女。」典韋昂起頭，凝視著攀在風城牆壁上的吸血鬼女。「連續三次攻擊，犧牲了雙腳和左手，這樣堅強的攻擊意志真是少見。」

然後，典韋右拳緊握，指關節發出爆裂的聲音。「妳想趁機爭取時間回復嗎？可惜……我不會讓妳稱心如意的！」

說罷，典韋發出震天怒吼，奔跑了幾步，舉起右拳狠狠擊向風城大廈。

當典韋的右拳搗入大廈牆壁，吸血鬼女只覺得風城大廈微微晃動了一下。

然後，她一低頭，一幅駭人的畫面落入了她的眼中。

一道裂縫，有如巨大黑蛇，從典韋揮拳的位置開始，伴隨著沿路亂飛的牆磚，急速蔓延上來。

裂縫黑蛇的終點，就是吸血鬼女的所在地……典韋不愧是身經百戰的三國武將，他不會給吸血鬼女太多復原時間。

「吼！」吸血鬼女當機立斷，右手往牆上一拍，離開了風城大廈的牆壁。

同一時間，裂縫抵達吸血鬼女的所在地，發出轟然巨響，碎裂的牆磚像是噴泉一樣猛力炸開。

飛石噴泉朝吸血鬼女直衝而來，吸血鬼女用雙手護住臉上要害，在空中往後急退。

為求自保，吸血鬼女忍受著如雨點般的牆磚，落在她身上，直到她發現，有些不對勁！殺氣。

在她的背後，升起了一股讓她發麻的殺氣。

她猛然回頭。

她看見了，典韋那帶著稚氣的笑容，雪白的牙齒閃耀著陽光，就在自己的面前。

就算沒有拔箭傷人的靈力，典韋畢竟還是一個縱橫三國的武將，他直接從地面跳了上來，在吸血鬼女的背後，雙手握拳高高舉起。

「抱歉了美女。」典韋聲音有著歉疚。「變成爛泥，就不會再重生了吧。」

說完，典韋雙手握成的拳頭，對著吸血鬼女的腰際狠狠地擊了下去。

拳入，人飛。

吸血鬼女如同一條直墜而下的砲彈，瞬間射入風城的地板中，炸出一個大洞。

如此強橫的力量，任誰都會變成一灘爛泥吧！

這場兩個怪物的對決，進行到此刻，讓風城百貨的地板和牆壁，到處佈滿了巨大的破碎坑洞，可見剛才的戰鬥多麼驚人。

典韋從空中降下，他肌肉糾結的雙腿往地下一踩，穩穩的踩在地上。

「吸血鬼女。」典韋看著眼前那個大洞，搖頭。「妳是一個可敬的對手，可惜，忠貞是我唯一的信條，不然我應該會饒妳不死的……」

「妳死了以後，我會記住妳的。」典韋對大洞一拱手，轉身離開。

「真是好對手啊，地獄裡面，就缺這樣有趣的對手。」典韋一邊走著，一邊嘆氣。「寂寞啊寂寞，跟許褚打架，都已經打了上萬場，早已經打爛了。」

可是，就在這個時候，典韋的腳步卻停了。

然後，他慢慢低下頭，看著自己腳下的石磚。

石磚，在動？

這個偌大的風城廣場上，沒有半個人跡，而地上的石磚卻在隱隱震動？這代表了什麼？

典韋猛一回頭，瞪著地上的破洞。

沒錯，所有的震動，都是從那個大洞中傳出來的。

「吸血鬼女！妳這傢伙竟然還沒死！」

典韋發出怒吼，吼聲中卻帶著渴望戰鬥的驚喜。

同時間，一個黑影從剛才破碎的大洞中，衝了出來，速度好快，直撲向典韋。

「哈！」典韋不驚反笑，同時他右手握住了左肩的箭，而左手握住了右肩的箭。

雙手用力，同時一拔。

兩條驚心動魄的血柱，立刻從那個黑影的兩肩猛力噴了出來。

黑影速度一緩，發出淒厲的大吼，真面目在血泊中顯現，正是吸血鬼女。

在承受雙肩劇痛的同時，吸血鬼女的右腳卻已經掃了出去，直接瞄準典韋的腦門。

「永不放棄，是嗎？」典韋此刻已經沒有剛才的從容，他急忙低頭，拉起右腳的羽箭。

崩碎。吸血鬼女右腳的骨頭和鮮血化作片片的花朵，在空氣中綻放開來。

可是，這零點一秒的時間，還在空中的吸血鬼女卻沒有失去平衡，她一個優雅的迴旋。左腳，像是一道橫過天空的利刃，又朝典韋踢了出去。

「了不起！」典韋臉上閃過一絲繃緊的憤怒。拔起左腳的羽箭。

典韋看到吸血鬼女帶著強大破壞力的左腳，在自己的臉前停了下來，距離不到五公分。

「很可惜吧，差一點點……」典韋看著吸血鬼女左腳投射在自己臉上的陰影，接著，陰影微微顫抖起來，然後砰然一聲，陰影整個爆開……

這聲爆裂聲在寧靜的夜晚一瞬即逝，而吸血鬼女又少了一隻左腳。

雙手雙腳皆斷的吸血鬼女，落在地上，像是一個殘廢，無助的癱在地上。

大獲全勝的典韋，慢慢走到吸血鬼女的面前，低頭看著這個奮戰到最後的女戰士。

「了不起啊，吸血鬼女。」典韋聲音低沉。「可惜，還差那麼一點，我會給妳一個好死的，放心，我的特殊能力雖然可以輕易傷人，卻不能殺人，所以我會用我的拳頭給妳一個痛快。」

「你動手啊，典韋。」吸血鬼女冷笑，睜著一雙大眼，一股尚未絕望的訊息，從她雙眼中透露了出來。「別忘了你有特殊能力，難道我沒有嗎？」

「哼，妳有特殊能力？為什麼不早點用出來，非得等到四肢折斷才說？擺明就是唬人。」典韋冷笑。高高舉起了他碗缽大的拳頭。「放心，這一拳我一定用盡全力打爆妳的頭，妳不會有重生的機會的。」

看著典韋的拳頭夾著強勁的風壓，直轟向吸血鬼女的腦門。

只是，典韋拳頭尚未擊中吸血鬼女，忽然，一陣麻慄感，從他的拳頭上傳來，直麻向自己的背上。

因為，他看見了吸血鬼女的眼中，閃過一絲狡獪。

「難道，吸血鬼女有特殊能力是真的？」典韋腦海瞬間閃過這個疑問，而同一時間，他竟然看到吸血鬼女動了。

她竟然，還能動！

就在典韋遲疑的這極短時間，吸血鬼女用她的腰力往地上一彈，像是一個彈簧似的飛上了半空中，然後吸血鬼女頭一甩，露出吸血鬼種族招牌的銳利犬齒，咬向典韋的脖子。

吸血鬼女這招顛妙的反擊招數，突破了典韋固若金湯的防守，兩根銳利雪白的利齒，就要往典韋的脖子咬下。

就在牙齒的尖端，磨上了典韋脖子上細嫩薄皮的瞬間。

停住了！

牙齒停住了。因為吸血鬼女的動作整個僵住。

緊接著，吸血鬼女的胸口湧出大量的鮮血。

因為，典韋拔箭了。

在電光火石的這一剎那，典韋還是拔起了自己胸口的箭，硬是截住了吸血鬼女最後的猛攻。

「好險，真的好險。」典韋呼呼的喘著氣，嘴角掛著得意的笑容。「只差一點，我就要被妳所殺了，妳真不簡單，故意說特殊能力來引開我注意，再施展最後殺手，可怕，真是可怕的惡魔五重奏攻擊。」

「惡魔五重奏？」吸血鬼女胸口重創，好不容易彈起的身體，正像是凋落的櫻花般，緩緩下墜。「我以為惡魔的數字，應該是六。」

「喔？」典韋冷笑。「所以妳還有第六招？妳現在雙手雙腳加上牙齒都被我拔去，妳還有哪一個部位可以攻擊？難不成，妳要用頭鎚？別傻了！要用頭鎚，妳得先跳得起來再說。」

「是嗎？」眼看吸血鬼女就要墜入地面，她說出來的話卻讓人費解。「小時候，我最喜歡的人，是我的吸血鬼舅舅。」

「啊？吸血鬼舅舅？」典韋皺起了眉頭。「妳在說什麼啊？」

「他是一個地獄旅者，總是告訴我很多故事，而且他還教會了我犧牲自己，以及永不放棄的精神。」

「哼。」典韋冷哼一聲，「那妳的舅舅呢？難不成他現在會從地獄回來救妳？」

「不會，因為他死了。」

「哈。」典韋冷笑，「那妳說這麼多廢話幹什麼？」

「但是，你知道我舅舅臨死前的遺言是什麼嗎？」吸血鬼女閉上眼睛，像是在回顧一段既溫暖卻哀傷的回憶。「那時，他保護我到最後一刻，終於不敵血腥瑪麗……於是他打開了櫥櫃，對著櫥櫃內拚命發抖的我，說了一句讓我永遠難忘的話……」

「啊？」

「他說：『妳記得蝠化飛行嗎？』」

然後，典韋的眼睛睜得如同一對銅鈴。

因為，吸血鬼女的墜落，竟然停止了。她像是失去了重力一樣，浮在地面上。

更駭人的是，吸血鬼女的背上，忽然兩道銳利的黑色刀鋒以極快的速度，伸了出來。

如閃電般在空氣中畫出兩道完美的黑色弧形。

割向了典韋的脖子。

下一秒，一件讓典韋無法理解的事情發生了，因為他發現吸血鬼女忽然變得好低，好低……

……好像在距離自己數百公尺的地面上。

不，不是吸血鬼女變低，難道是自己飛起來了嗎?典韋自問。

更讓典韋感到怪異的是，吸血鬼女的身邊，竟然還有一個典韋自己。

那個「自己」穿著和自己相同的鎧甲，身上也同樣差滿了羽箭，而且「自己」一手抓住了羽箭，看起來，只差一步就要把箭給拔出來了。

緊接著，典韋又發現了一件事。

一件真正讓他錯愕的事情。

那個「自己」，竟然沒有頭。

忽然間，典為有點懂了，他為什麼會看到少了頭的自己了。

因為，

死了。

自己死了。

自己竟然被吸血鬼女的雙翅，給割下了脖子。

此刻的月亮，高高掛在夜空中。

而吸血鬼女正橫躺在新竹風城大廈的外頭，新竹永不停息的風，吹過她剛戰鬥過的燥熱身軀，讓她感覺到一絲輕鬆和涼意。

身邊那個慘被斷頭的典韋，他的動作停在臨死前的最後一刻，他手握住了胸口的羽箭，只差了一步，整個戰局就被逆轉。

可惜，這一次，典韋真的慢了一步。

吸血鬼女的黑色翅膀，以超越典韋想像的速度和角度，穿過典韋的防守，直接切過典韋的脖子。

然後，另外一片黑色翅膀，用力把典韋已經被齊頸削斷的脖子，用力拍上了天空。

整個翅膀突襲從開始到結束，只有零點零零一秒的時間。

吸血鬼女靠著五重攻擊瓦解了典韋的層層防禦，然後利用最後一招神出鬼沒的翅膀利刃，奪下了典韋的頭顱。

「舅舅。」躺在地上的吸血鬼女，看著滿天的星斗，輕輕的自言自語著。「因為你當年的那句話，讓我從未停止過鍛鍊自己的翅膀，你好像又救了我一次似的……舅舅，謝謝你……」

舅舅謝謝你……說起這句話，夜光中彷彿看到了吸血鬼女的眼睛中，反映著波光粼粼的月色，那是只屬於懷念的眼淚。

「呵呵，至於我的特殊能力？」吸血鬼女慢慢的起身，重傷之後的身軀已經逐漸恢復。

「典韋雖然是危險人物，但是，我想還沒有必要用出來吧，因為它可是和『陽光』有關的特殊能力呢。」

帳篷內。

諸葛孔明排起了棋盤，和曹操玩起了象棋。

「被吃了一個陣。」曹操搖頭。「少了一員可以縱橫沙場的大將了。」

「是啊，敵方也是高手輩出，沒想到典韋都會中箭落馬。」諸葛孔明嘆了一口氣。

「那接下來呢？」

「放心吧，我們還有杜、驚、開、死四門。」諸葛孔明一邊說著，一邊拿起一枚棋子。放在棋盤上曹操「將」的旁邊。「丞相，您這一擔心，下棋可就不專心了，將軍！」

「呵呵。」曹操搖頭，手上的棋子落下，堵住了孔明的攻勢。「不過，我說軍師，你當真這麼有把握？」

「嗯。」孔明看著曹操桌上的棋盤，卻沉默了。

「怎麼了？」

「杜門。」孔明遲疑的看著眼前的棋盤。他手上的棋子微微顫抖著。

「杜門？把守杜門的將領，怎麼了？」

「死了。」

「咦？」曹操大吃一驚。「傷門的典韋不是剛剛被殺，獵鬼小組他們這麼快就攻陷杜門？」

「不是，」孔明遲疑著。「不是獵鬼小組，這股靈氣似火實寒，應該是……陰系的力量，嚴格來說，應該是我們這邊的。」

「我們這邊的？怎麼會殺我們的人？怎麼會破杜門？」

「我不知道。」孔明放下了手中的棋子，花了許久才讓自己的手指頭不再發抖。「雖然說杜門的守將並不像死門的呂布這樣強橫，開門的孔融這樣機巧奸詐，但好歹也是三國的武將，對方卻能在短短的幾秒內將他瞬殺，這等級之高，恐怕連丞相都比不上。」

「比我這個紅心K還強，又是黑榜人物，軍師，你到底想說什麼？」曹操看著諸葛孔明，從對方的眼神中找到相同的懷疑。

「這個莫名的潛入者。」諸葛孔明苦笑搖頭。「恐怕是A級的人物啊。」

新竹，杜門。

闖入杜門的人，共有兩個。

正是一開始破解了大喬小喬計策的吵架雙人組「貓女」和「狼人T」。

他們才踏進這個杜門，眼前的畫面果然像是一開始的景門一樣，嘶的一聲，整個改變了。

這裡有著非常炙熱的陽光，照耀在一片滾滾的黃沙上，在空氣蒸熱扭曲的遠處，還可以隱約看見一座巨大高聳的三角形建築。

「那三角形屋子是什麼啊？」狼人T用手遮住陽光，眺望著遠方。「嘖嘖，感覺上好大好雄偉啊。」

走在前端的貓女，沒有回頭，一頭柔細優雅的長髮被陽光照映成一片波浪似的烏金，貓女聲音卻意外的低沉，彷佛矇在一片沉靜的思考中。「那是金字塔。」

「金……金字塔？」狼人T一呆，好像想到了什麼。「那不是妳的家？」

「是的，這裡是金字塔，這裡也是我的家鄉。」貓女仰起頭，看著明媚的太陽，將眼前的沙漠照耀成一片金黃，貓女輕輕呼了一口氣。「這裡是，埃及。」

「等等……剛才我們遇到小喬大喬，幻化出我記憶中倫敦的模樣，所以現在輪到妳了嗎？」

狼人T抓了抓自己雜亂濃密的長髮……

「不，這裡不是我記憶中最懷念的地方。」貓女搖頭。

「不是？」狼人T訝異。

「不是。」貓女嘴角揚起淡淡的苦笑。「但，我知道這裡是誰心中的夢。」

「誰？」

「一個你絕對不想見的人，不，應該說是全世界獵鬼小組都不想看見的人物。」

「啊？」狼人T滿臉疑惑。「究竟是誰？」

貓女沒有回答狼人T這個問題，她歪著頭，靈敏的貓耳輕輕動了動。

然後她提了一口氣，對遠方大喊。

「出來吧，我知道你在這裡，你那可以令沙漠生靈都逃竄的腳步聲，你那令陽光都畏懼的力量，我怎麼可能忘記？」貓女喊到這裡之後，微微一頓。「我的老友，被喻為沙漠戰神的男人……賽特！」

賽特。

這個在黑榜上的A級高手，古埃及諸神中最殘暴最強悍，正邪難辨的戰神，竟然也進入了地獄遊戲？

沙漠的另一端，亮到令人眼睛無法睜開的金色波浪中，一名渾身散發黑氣的壯碩男子，在融融的蒸汽中出現了。

「嗨，貝斯特。」男子冷酷的表情中隱藏著笑意，從沙漠的另一頭，慢慢的走了過來。

很奇特的是，就算眼前是一片陽光普照，只要賽特踩過的地方，立刻變成一團霧狀的陰沉和黑暗，遠遠看去，賽特的腳印，接成一條綿延的黑色軌跡。

賽特，不愧是埃及古神中最陰戾的戰神，只要是他經過的地方，黑暗就擁有壓倒性的力量，能夠吞噬陽光。

此刻，狼人T不能控制的緊張起來。

他加入獵鬼小組已經有兩百年歷史，經歷多次和黑榜妖怪的殊死決戰，所以他知道黑榜上十六個特級妖怪是多麼厲害！

更何況，是身上有著『Ace勳章』的怪物，那是足以撼動一個時代的魔神大帝啊！

就算眼前這個人，只是在四張A中排行最末的梅花A，也同樣令狼人T打從心底深處的敬畏。

隨著凜冽黑氣的靠近，賽特的身影，也慢慢的清晰。

「貓女貝斯特，好久不見啦。」

賽特有著黑色瀟灑的長髮，額頭上綁著一條深紅色的頭巾，他五官深刻，濃眉大眼底下，有一尊寬大的鼻子，他不像是埃及人，像是帶有東方血統的亞非混血。

看著賽特不斷靠近，狼人T渾身繃緊，用力過度的右拳上盡是暴露出來的青筋。

狼人躊躇著，就算現在沒有月光，他仍有一身傲人的力量和不怕死的戰鬥意志。

就算犧牲自己，也要掩護貓女離開，因為……貓女雖然麻煩，畢竟是少年H託付的人。狼人T知道，為了朋友的託付而犧牲自己性命，這正是狼族至高無上的榮譽。

就算眼前是黑榜中的魔神，也不惜一戰！

可是，正當狼人T全身緊繃準備奮戰到底的時候，賽特竟卻視若無睹的走過狼人T的身邊，徑直走到貓女的面前。

「貓女！快逃！」狼人T看見賽特沒理睬自己，喉頭發出野狼用來驚懾獵物的淒厲長嚎，接著他亮出尖銳的狼爪，撲向了賽特的背影。

賽特沒有反擊。

他甚至沒有提升靈力。

他只是，轉過頭，冷冷看了狼人T一眼。

但，這一眼，只是簡單的一眼。狼人T彷彿看見賽特的眼睛變成一顆巨大的黑色太陽，太陽之中湧出千萬冤魂，發出淒厲的哭嚎，如同一條滾滾黑河往狼人T撲湧而來。

源源不絕，源源不絕……千萬冤魂簇擁著黑暗的太陽，不斷衝向狼人T。

狼人T不能動了。他彷彿置身於地獄死門的門口，周圍上萬隻亡者的手臂攫著自己，想要把狼人T一起拖入永無止境的無間地獄。

沒想到，賽特光一個眼神，就如此可怕？

這就是黑榜上Ace的實力嗎？

看到狼人T的精神重挫，呆若木雞，賽特嘴角揚起一絲冷冷笑意。「曼哈頓小組的名號我聽過，你們抓了我不少黑暗的徒子徒孫。現在是給你一點小教訓。」

賽特收回了他的眼神，這瞬間狼人T只覺得全身虛脫，一身濃毛盡數溼透，活像是一隻落湯狼。

等級，實在是差太多了啊！

狼人T只能眼睜睜的看著這個黑暗之神賽特，慢慢走到了貓女的面前。

「貓女……」狼人T咬著牙，右手撐地，一股燃燒的鬥志又再度燃起，開什麼玩笑，他可是狼人T！他可是戰至一兵一卒從不言敗的男人！他可是背負著少年H的託付的男人！

但，狼人T的堅持卻沒有持續多久，因為眼前貓女接下來的動作，不但狼人T吃驚，更讓他困惑了。

因為貓女，不但沒有像狼人一樣如臨大敵，反而一甩長髮，單手叉腰，帶著狠辣的氣勢，瞪著眼前的賽特。

「喂。」貓女毫不客氣的手指著賽特鼻子：「哼。沒想到大名鼎鼎的梅花A賽特也進來了地獄遊戲，還淪落到替人看門？看守這個八陣圖的杜門啊？」

「貓女啊貓女。」賽特笑著搖頭。「都過了幾千年了，妳這張嘴巴還是這麼不饒人？」

「嘻嘻。」貓女伸出纖細的手指頭，按住賽特的鼻子。「我是不高興啊，我先說喔，你不准和我打架。」

「啊，不准和妳打？為什麼？」

「這還用我解釋?」貓女嘟起嘴巴。「當然是因為你太厲害了,我打不贏你啊。」

「咦?因為妳打不贏我,所以我不能打妳?」賽特雙手攤開,無奈的聳了聳肩,「這是什麼鬼道理啊,難道一定要輸妳才能打?這樣打架還有什麼意義?」

「當然!本來就應該這樣!」貓女露出了小女孩的笑容。「難道不對嗎?」

「對對對,妳都對。」賽特聳了聳肩,露出大哥哥遇到任性小妹妹時候的無奈表情。

狼人T看著眼前的兩人,真的猷住了。

因為,他記憶中的貓女,是地獄列車中號令百獸的麻辣女王,是喜歡捉弄少年H的謎樣女人,更是毅然叛出黑榜,大敗織田信長的惡夜殺手。

如今,狼人T卻又看到了貓女另外一個樣貌,一個令狼人T費解的可愛妹妹,貓女真是無愧女人本色,百變無常。

這個賽特,和貓女之前到底是什麼關係?狼人T看著兩人親密而自然的言行,比起貓女和少年H的相處,似乎又有點不同。

貓女和少年H之間,是一種愛情來臨前的朦朧與曖昧。

而貓女和賽特的相處,似乎更加的自然,就好像……就好像是『兄妹』一樣?

賽特是一個可靠而強壯的哥哥?而貓女是一個愛撒嬌的可愛妹妹?

「沒錯,就是這樣。」貓女那雙魅力十足的眼睛看著賽特,眼神中有著濃濃的疑惑。「而且你不是答應伊希斯，絕對不會阻止她，你竟然還跑進遊戲裡面，擺明是要惹她不高興，呴，你完蛋了，賽特是笨蛋。」

接下來，貴為梅花A的賽特，更擺出與他名聲全然不符的動作，他把手指頭放在唇邊，像是小孩子間的約定，「噓……這件事伊希斯的確不知道，所以請妳多保密囉。」

「哼。」貓女甩動黑色長髮「既然怕伊希斯，你還有膽幹這種事，不過，有件事我不懂……」

「什麼事？」

「伊希斯神力鈞天，的確是強過了頭，所以必須將自己神力拆成三部份才能進到遊戲，你賽特的魔力好像也沒差到哪裡去啊？怎麼可以大剌剌的，不做任何處理的，就跑進來遊戲裡面？」

「喔，貓女啊，聽妳這樣說，好像我們力量比較強的人比較『衰』似的……其實，妳問題的答案很簡單。」賽特聳肩，「因為我只放了十分之一的靈力進來，此刻地獄遊戲正因為高手不斷湧入，能容納的靈力已經接近飽和，呈現非常不穩定的狀態，我如果硬把自己的力量塞進遊戲裡，肯定會被伊希斯和濕婆發現的！」

「你說，地獄遊戲的靈力已經接近飽和？」貓女眨動大眼睛，微驚的神色一閃而過。「非常不穩定？」

「是啊。」賽特點頭。「光是濕婆和伊希斯兩位，就代表了兩大古文明的頂尖力量，如果再加上……嗯，咳咳，這部份不說。事實上，地獄遊戲能夠容納這麼驚人的靈力，已經是地獄政府和神魔兩界最大的謎團，所有人都在猜測『地獄遊戲』的真面目，究竟是什麼？」

「等等……」貓女拉住了賽特衣袖。「你剛剛說什麼欲言又止？你說除了兩大古文明之外，再加上什麼東西？」

「嘿。」賽特看了狼人T一眼，當然，這一眼裡頭沒有蘊含剛才無盡黑夜的力量，不然狼人T可能會馬上暴斃。「傻貓，這裡有外人在場……妳不會又想害我被伊希斯捉去碎碎唸吧？」

「哪有！你不想讓人知道嗎？」貓女靈敏的動了動可愛的耳朵，嬌憨的表情迷人無比，把臉湊向賽特。「那你偷偷跟我說好了……」

「你這傢伙，真受不了你。」賽特無奈的把臉靠近貓女的耳朵，嘴唇微動，說了一個名字。

「啊！」貓女原本就豐富的臉上表情，此刻更加誇張起來。「他……他……他也進來了？」

「是啊！」

「你確定？」

「這有什麼好確定不確定的。」賽特皺起眉頭。「因為我和他有過一面之緣，所以我認得他的靈力，他進來地獄遊戲，還有什麼疑問？」

「可是，可是……」貓女顯然被這人的名字嚇到。「他是站在哪一邊的？你知道嗎？如果他站在敵對的立場，恐怕，恐怕連靈力完成的伊希斯……都未必打得過他啊！」

「噓……」賽特摀住了貓女的嘴，「你這樣說，那人的身分不就很好猜嗎？不過，他應該沒有插手地獄遊戲的意圖，不然以他的能耐，早就把這裡弄得天翻地覆了，而且，他應該是伊希斯和濕婆不敢提前開戰的關鍵，因為他的決定會左右戰局。」

「嗯。」貓女遲疑了一會。「那賽特，你現在打算怎麼辦？」

「怎麼辦啊。」賽特微笑。「其實我是來幫伊希斯的。」

「幫伊希斯？」

「我有一個東西，要請妳幫我轉交給她。」

「是？」貓女的問題只問到一半，看到賽特攤開的掌心，貓女就突然懂了。

在賽特厚實而粗大的掌心上，擺著一顆雕琢精細，美侖美奐的甲蟲寶石。

這是一顆透明的白色寶石，在寶石的最深處，有著淺綠、粉紅、雪藍各種美麗的色彩交替流轉著。

「這不是伊希斯三聖器之一……聖甲蟲嗎！」貓女看到這個寶石，她彷彿聽到了自己加速的心跳。

「正是聖甲蟲。」

「伊希斯的聖甲蟲在你那裡？」

「是的。」賽特臉上被聖甲蟲寶石的微光，照耀成一片七彩，只是不知道為什麼，在這片絢麗的顏色底下，貓女卻看見了賽特表情有淡淡的落寞。

「為什麼？」

「這要追究到百年前的一場賭注。」賽特點頭。「從此，聖甲蟲就一直在我手上了。」

「等等，少年H曾經說過，在地下道裡面，曾經有一個人用聖甲蟲阻止了濕婆，那個人難道是你？」

「沒錯，是我。」

「為什麼？」貓女困惑的看著賽特。「你不是站在黑榜那邊的嗎？」

「沒為什麼，我只是藉著伊希斯的寶石，挫一挫濕婆的銳氣。」

「挫一挫銳氣，這部份我能懂，只是，為什麼聖甲蟲會在你手上？不，我的問題不是這個……而是為什麼伊西斯她會早在百年前就把聖甲蟲給你？剛好讓你這時候送進來，這不是太巧了嗎？」貓女皺起了眉頭。「會不會太巧了？」

「哪裡太巧？」賽特眼神中閃爍著狡獪的光芒，凝視著貓女。

而貓女看著賽特手上的聖甲蟲，又看了看賽特，聰穎的她越想越不對勁，越來越不對勁……

……

伊希斯為了進入地獄遊戲，不被濕婆發現，於是將自己的靈力分成三個部份，分別是安卡、烏加納之眼，還有眼前這個聖甲蟲。

烏加納之眼老早就在阿努比斯手上，因為阿努比斯這人的個性雖然陰沉，但是極講義氣，所以他不惜犧牲一顆眼珠，將烏加那之眼藏入左眼中，偷渡進入了地獄遊戲裡頭。

而安卡是伊希斯交給獵鬼小組J的最後武器，這個武器曾經幫助J在車廂中扭轉戰局，把數十名兇狠的酷刑人同時滅殺在同一個車廂中。

安卡後來應該到了阿努比斯手上，輾轉進入了地獄遊戲。

只是，最後一個聖器聖甲蟲，怎麼會從賽特手上出現。

最不合理的地方，就是「時間」。

沒錯，從聖甲蟲交給賽特的時間，到數個月前的安卡現身，以及烏加那之眼藏在阿努比斯身上，這整個時間線極長，已經足足跨越了百年。

百年。

時間，為什麼會跨越了這麼長？

地獄遊戲不是最近才出現的嗎？為什麼伊希斯在百年前就已經做好了準備？

除非……除非……伊希斯早就知道「地獄遊戲」會出現！

「啊。」貓女混亂的腦海漸漸清晰起來。「伊希斯早就、早就知道地獄遊戲、所以她早就把聖甲蟲給你，或者說……早就預料到你會進來遊戲，為了她自己……這一切都是她算好的……還有安卡，難道她早就預料到地獄列車事件，才把安卡給J？賽特，你被利用……」

忽然，貓女的嘴巴又被賽特厚實的手掌給摀了起來。

「別說了。」賽特輕輕的說。「貓女，貝斯特，請別說了。」

「賽特，嗚……你！」貓女的嘴巴被摀住，一雙眼睛拼命眨動，凝視著賽特。

忽然，貓女不再掙扎了，因為她看見賽特那深不可測的雙眸中，竟有著令貓女哀傷的悵然。

耳邊，賽特低沉的嗓音響起。

「我不知道地獄遊戲是什麼？我不知道伊希斯要什麼？我也不知道濕婆目的是什麼？我甚至不知道聖甲蟲裡面藏有伊希斯的力量？我只知道……在我們還年輕沒有成神的時候，伊希斯讓我心動的聖潔模樣。為此，我就必須為了她，把聖甲蟲送進地獄遊戲裡面。」

「啊，你……」

「貓女，我一直把妳當作我的妹妹……」賽特輕輕的將手從貓女的嘴巴放開。「妳願意幫這個忙嗎？幫我把這個聖甲蟲送到阿努比斯手上。」

「賽特……」貓女看著賽特，在她記憶中，賽特是一直讓全埃及深深畏懼的可怕人物，當主宰沙漠的賽特震怒起來，沙漠就會像是一條滔天巨蟒，不斷吞噬鄰近的都市，繁榮的都會在一夕間變成廢墟。全靠伊希斯女神強大的魔法，才抑制了賽特的瘋狂力量。

而在貓女心裡，瘋狂戰神賽特，其實有著另外一種面貌。

他是一個很傻很痴的男子，一個深深愛著伊希斯的男子。

就是因為看到了賽特這層面貌，貓女才能和賽特成為特殊的好友，像是兄妹的親密關係。

而此刻，貓女又看到了賽特的痴傻。聰明如賽特，在百年前的賭局裡頭，早就猜中了伊希斯的真正目的，卻心甘情願被對方被利用。

「賽特，如果你真是我哥，我一定狠狠揍你一拳……」貓女伸出手，憐惜的摸著賽特的臉，「你好笨，真夠笨的。」

「妹，妳別笑。」賽特伸手摸了摸貓女的頭，苦笑。「不要告訴我，妳為了少年H，自己孤身去挑戰織田信長這件事，就不是一件蠢事？」

「哈哈。」貓女乾笑了兩聲。

「妹，這件事妳願不願意幫哥哥的忙？」賽特把聖甲蟲放進貓女的手心。

「嗯。」貓女看著那個聖甲蟲，想起了賽特的痴情，不自禁的點了點頭。

「謝謝。」賽特說。

「不客氣。」

「妹，還有一件事我想對你說。」

「什麼事？」

「以後，別像我這樣笨。」賽特摸了摸貓女的頭，露出疼惜妹妹的表情。「一定要找一個願意替妳犧牲的男人，好嗎？」

「嗯。」貓女低下頭，輕輕點了兩下。

她內心卻問著自己，就算自己願意替對方犧牲，對方肯嗎？肯嗎？貓女苦澀的搖了搖頭，這世界上真的有一個男子願意為自己犧牲嗎？

一轉頭，看到狼人T那雙粗獷的濃眉大眼，透露複雜的神情。

因為狼人T也想到了自己，那個曾經為自己犧牲生命的女孩，西兒。

「狼人T，你擁有一個願意犧牲生命，來拯救自己的愛人，真的很幸運，真的真的很幸運喔。」貓女說。

「嗯，我知道。」狼人T嘴角揚起，閉上了眼睛，微笑著。

我知道。

我一直都知道。

第七章《薔薇浴火篇之一》

台北城，薔薇團的臨時根據地。

他們此刻正在台北車站附近，新光三越的一家咖哩餐廳裡頭，這家店標榜的是歐洲風味的濃稠咖哩香料。

地下室，人潮絡繹不絕，座位寬廣，有能舒緩戰士繃緊神經的輕鬆美食。

於是，薔薇團的重要幹部們，選擇了這樣一家店來放鬆自己。

三天前，薔薇團大破遊俠團二十餘個據點，屠殺數百名遊俠團員，讓薔薇團的聲明大噪，更一舉登上黎明石碑上的第五名。

此刻黎明石碑，冠軍依舊是曹操團，第二名由神祕而強大的天使團進駐，第三名是剛剛攻下台北城，積分大增的遊俠團，在新竹混戰中低調的白老鼠坐穩第四，而原本排行第九的薔薇團因為接連鏟除遊俠團的根據地，升到了第五名。

第六名是夜鷹團，第七名是斐尼斯團，第八名是最近才登上排行榜的大陸旅行團，第九名是婆婆媽媽最愛進香團，而原本第二名的織田信長團，因為被少年H的大軍攻破，損失十分之九的軍力，一口氣落到了第十名。

但是，就算眼前的戰績多麼耀眼，此時薔薇團的幹部們，卻依然愁眉苦臉。

因為，他們最近幾次行動竟然都莫名其妙的全軍覆沒，而他們一向得意的情報系統，竟然連敵人的影子都沒有摸到。

這逼得他們不得不召開這次會議。

薔薇團的團長名叫野玫瑰，等級高達七十三，是四大團長中唯一的女性，她有著一頭豔紅色的大捲髮，五官立體而深刻，外表像是中外的混血兒，使她在地獄遊戲中贏得不少仰慕者。

野玫瑰手下的三員大將，分別是荊棘玫瑰、豔紅玫瑰，以及粉紅玫瑰。雖然手下都冠上「玫瑰」的名字，但是他們在變化多端的地獄遊戲中，操縱植物的能力千奇百怪，不僅限於玫瑰而已。

不過，除了薔薇團的固定班底之外，這次的聚會還多了兩個團長最近的新寵，一個美豔的骨感美女，她斜倚在團長的右側，用纖細的手指輕輕撫弄著團長的後頸。不用多說，她當然是黑榜上的「白骨精」。

而團長的左側則是一名矮胖的男人，這男人身上散發著令人討厭的惡臭，滿臉的肉疣，顯得噁心而醜陋，牠是黑榜上令人厭惡的「三腳蟾蜍」。

薔薇團的三員大將看到野玫瑰團長這兩位新寵，臉上的表情都頗不以為然。可是礙於這兩個人策動了一系列的「薔薇團攻陷遊俠團計畫」，又將遊俠團中第二號人物法咖啡給抓來，所有人都是敢怒不敢言。

「最近薔薇團發生了不少事情。」野玫瑰輕輕撥動自己一頭大紅長髮，一雙淺藍色的眼珠，閃耀著令人著迷眼波流動。「你們也知道，我們在兩位好朋友的幫助下……」

當野玫瑰說到「好朋友」的時候，將頭轉向白骨精和三腳蟾蜍，兩人則點頭示意。然後野玫瑰又繼續說道：「我們成功的攻陷了遊俠團二十幾個據點，成功的誘捕了數百員敵軍，甚至……連遊俠團中的第二把交椅法咖啡，也都被我們兩位好朋友給捉了過來，此時此刻，是我們薔薇團成立以來，最輝煌的時刻。」

「但是，」野玫瑰說到這裡，充分表現出演講技巧中的轉折語氣。她先輕輕嘆了一口氣，等到觀眾們的注意力完全集中之後，她才繼續說道：「但是，最近三天，我們原本順利無比的計畫，卻遇到了空前的挫折。」

「包括海竽率領的突擊軍團，共有四波攻擊全軍覆沒，更慘的是，我們連敵人是誰？都捉摸不到。」野玫瑰說。「敵人人數似乎不多，卻擁有能夠在短時間內，殲滅五十人小組的能力，他們肯定和遊俠團有密切的關連。而我們這次會議的目的地，正是商量這些敵人的真面目，以及接下來對付他們的方式。各位愛將，請將你們的意見提出來吧。」

野玫瑰剛說完，一名穿著低胸禮服的熟女起身，她有著惹火的F罩杯。「大家好，我是峰峰相連到天邊的豔紅玫瑰。如果是半個月前，我可以肯定的說，這是遊俠團團長夜王搞的鬼。」

「豔紅姐，可是夜王死了喔。」粉紅玫瑰跟著開口。「我們情報部的資料，夜王在一〇一大樓上，綻放出死亡的碧綠極光，然後就遭到強大殘忍的敵人圍攻，從此銷聲匿跡。他的名字也確實從黎明的石碑上離開了，沒錯，夜王死了啦。」

粉紅玫瑰有著一頭洋娃娃似的粉紅色捲髮，身上穿著粉紅色洋裝，粉紅的裙子，粉紅色的鞋子，粉紅色的眼影，粉紅色的彩妝，就連手上的包包，也是GUCCI出的粉紅色經典款。

「話是這樣說沒錯。」豔紅玫瑰搖頭。「但是遊俠團五大高手，Mr.唐命喪醫院，法咖啡被我們所擒，我也不認為其他兩人，有能力可以在三分鐘內將五十個人全部殺盡，連一個活口回來報訊都沒有！」

「嗯。」野玫瑰聽到這裡，轉頭詢問白骨精和三腳蟾蜍。「兩位好朋友，你們的想法呢？」

「不用懷疑。」三角蟾蜍乾啞的嗓音說話了。「絕對是夜王。」

「可是，我們的情報網……」粉紅玫瑰還想要爭辯。

「別說了。」野玫瑰瞪了粉紅玫瑰一眼。「我們的好朋友不會亂說話的。」

「哼。」粉紅玫瑰嘟起嘴。

「那兩位好朋友，我們下一步該怎麼辦呢？」野玫瑰聽到夜王的名字，面露愁容，顯然對這威震遊戲的高手相當忌憚。

「嗯……」白骨精說：「我們可以用相同的辦法，反正法咖啡在我們手上，我們可以用法咖啡的性命做要脅，逼夜王現身！」

「這點子不錯，不愧是白骨精妹妹……」三腳蟾蜍用力鼓掌。「逼夜王單人赴會，我們再設計一次死局把他逮住，然後在遊俠團面前，把他和法咖啡凌遲處死，遊俠團向來以這兩人為精神領袖，一旦看到他們這樣的死法，遊俠團再堅強，恐怕也會瞬間瓦解。」

「既然兩位朋友這麼說了……」野玫瑰點頭，正當她要拍板定案的時候，忽然，一個堅決的聲音從會議桌的另外一頭傳來。

「我反對！」

所有人同時注視聲音的來源，看到在會議桌的另一端，一個身穿帥氣西裝的短髮女孩，雙手插在口袋裡面，冷冷的看著所有人。

這個人，就是薔薇團的首席大將，荊棘玫瑰。

她同時是薔薇團中戰鬥部的負責人，也是最得民心的領導者，她的威望甚至凌駕於團長野玫瑰。

有人說，她的武力可能還在野玫瑰之上。但是，她的忠心耿耿卻也是有目共睹的。

「戰場上，大夥明刀明槍分出勝負，就算失敗也會受人尊敬。」說這話的時候，荊棘玫瑰柔細的臉龐隱約透露出男子漢的氣魄，她毫無懼色的瞪著三腳蟾蜍。「何必老是要耍陰謀手段！堂堂正正和遊俠團鬥一場，難道我們真的會輸嗎？」

「荊棘玫瑰！」野玫瑰面露怒色。「對我們的好朋友客氣一點！」

「客氣什麼？」荊棘玫瑰大聲說：「我們之前偷襲遊俠團基地，利用遊俠團夥伴間的義氣，將其他人引回來虐殺擊敗，妳知道現在遊戲玩家們怎麼說我們嗎？薔薇團是『一群卑鄙無恥的女人團隊』，野玫瑰，妳忘了嗎？我們一開始成立薔薇團，就是希望在一群只會殺人的男人團隊中，創造一個乾淨而榮譽的團隊。現在呢？野玫瑰妳看看自己？變成了什麼模樣？」

「荊棘玫瑰，妳說話客氣一點！」野玫瑰漲紅了臉，一頭紅髮也隨著她的憤怒而顏色加深了。「別以為妳是我們薔薇團的開團元老，我就不敢動妳！」

「妳動啊。」荊棘玫瑰顯然已經積怨已深。「自從這兩個不知道打哪來的牛鬼蛇神進入我們團隊之後，野玫瑰妳就完全昏了頭。小三是我們共同的好戰友，他死在台北城內部，我們跟遊俠團討一個公道是理所當然的，可是何必不分青紅皂白的就偷襲他們？趁他們有內鬼的時候？趁他們團長行蹤不明的時候？這樣是我們高尚薔薇團的精神嗎？妳這樣對得起小三嗎？」

「混蛋！」野玫瑰大怒，手一翻，狠狠地拍在桌子上，震得桌上的盤子鏘瑯鏘瑯亂響。

「荊棘玫瑰，妳不要倚老賣老，我是團長，我可以隨時奪去妳的兵權，把妳趕出這個團隊。」

「妳趕啊！」荊棘玫瑰回嘴道。

「妳出去！」野玫瑰尖叫。

「出去就出去。」荊棘玫瑰起身，拉起掛在椅背上的西裝外套，轉身就走。

「出去就不要回來。」

「我是為妳好，野玫瑰，」荊棘玫瑰大步離開。「到時候不要回來求我。」

「各位好朋友，別這樣，別這樣。」這時候，一直身處在爭議中心的三腳蟾蜍，出來打圓場。牠強勁後腿一蹬，立刻躍到了荊棘玫瑰的前面，擋住了她的去路。

「你這個牛鬼蛇神，走開！」荊棘玫瑰皺起眉頭。

「別這樣嘛。」三腳蟾蜍眼睛射出一絲邪光，伸手想要拉住荊棘玫瑰。「有話慢慢說啊。」

在三腳蟾蜍伸手阻止荊棘玫瑰的瞬間，牠肥大的掌心卻閃過一絲詭異的沫光。

三腳蟾蜍很清楚，牠的黏液是多麼黏稠，只要被牠沾上，就算是荊棘玫瑰再強悍也只能任牠宰割。

眼看三腳蟾蜍的手掌越來越近，荊棘玫瑰臉上的表情卻絲毫不變。

忽然，三腳蟾蜍原本帶著邪笑的表情陡然一變，取而代之的，是極度怪異的面容扭曲。

而三腳蟾蜍的肥手，在距離荊棘玫瑰肩膀不到一公分的距離顫抖著，遲遲沒有放上去。

「牛鬼蛇神，別小看我們。」荊棘玫瑰冷冷的丟下這一句話，就大步離開了。

會場上，只剩下三腳蟾蜍的表情依舊猙獰痛苦，當牠的手一翻開，竟然被十幾根粉紅色的長條物，狠狠穿過了手掌。

而且這數根鋒利如劍的物體，竟然還飄著淡淡的花香，而且，隨著時間過去，物體像是枯乾一樣慢慢萎縮起來。

「這是什麼？」三腳蟾蜍滿頭大汗。「是花嗎？竟然可以用花當武器，」

「這是荊棘玫瑰的拿手武器，」這時，粉紅玫瑰開口了。「劍蘭。」

「荊棘玫瑰的劍蘭，可以當作武器，也可以當作暗器，只要她畫好結界，劍蘭會穿透結界內任何的物體。」豔紅玫瑰露出敬畏的表情。「三腳蟾蜍，你惹錯人了啦。」

看著荊棘玫瑰離開，現場的眾人一片死寂，只剩下三腳蟾蜍喃喃的呻吟聲。

「我們按照原定計畫行事！」野玫瑰站起，大紅頭髮因為怒極而緩緩飄動。「在黎明的石碑上釋放消息，如果夜王不能一個人來自首，那我們就殺掉他的愛將，法咖啡！」

「還有，」野玫瑰像是想到了什麼，轉頭，咬牙切齒的說道：「拔掉荊棘玫瑰的兵權，將她趕出我們的薔薇團，我要讓她後悔，錯過薔薇團最榮耀的時刻，我們將會擊敗遊俠團，奪下台北城，然後夢幻之島的大門，將會為我而開！」

在這場會議結束之後，野玫瑰、白骨精還有三腳蟾蜍三人，坐上了捷運，他們的目標是淡水線重要分站，北投。

以地熱和硫磺聞名的北投，意外的躲過台北城的高房價哄抬，沒有高樓大廈所佔領，成為台北這座鋼鐵叢林中罕有的古樸小鎮。

從北投的街道望去，能強烈感受到光復前的日式風格，日式的街道，日式的建築，日本旅人追逐溫泉而來，進一步將這裡改造成他們夢迴多日的故鄉。

它不只是擁有日本風格的建築，更繼承了日本京都的高雅和悠閒，穿梭在小巷間，可見到不少中年婦女的儀態雍容，配上背景的和式街道，讓人有見到日本藝妓的錯亂感。

象徵台灣新舊時代的兩種文化河流，正在北投這個小鎮，交流而過。

北投的魅力還不只如此，如果你走進附近的小巷，你會看到充滿生命力的傳統市場，狗吠、三三兩兩的婆婆媽媽、有點骯髒油膩的柏油路、兩排正在吆喝叫賣的豬肉攤和蔬菜攤。

這樣的景象，在超商密佈，日益繁榮的台北市已經越顯珍貴了。

野玫瑰三人之所以會回到這裡，是為了見一個人，一個曾經權傾半個台北，卻被迫成為階下囚的遊俠團領導者之一，法咖啡。

法咖啡，被他們藏在這裡的一棟公寓中。

這裡，脫離了台北市四大勢力互相牽連的監視網絡，也就是在這裡，才能暫時逃開夜王遊俠團如同惡魔般的勢力範圍。

但，這只是暫時而已。

以遊俠團的能耐，肯定遲早會找出法咖啡。更何況此刻的台北還有天使團、斐尼斯團、夜鷹團三大集團正在虎視眈眈。

夜王知道，薔薇團也知道，所以薔薇團才會選擇速戰速決，要在夜王發動全面反撲之前，提出對夜王的要脅。

野玫瑰推開門，一間素雅的房間裡面，躺著一名昏迷的女子。

「怎麼回事，你們竟然沒派人看守法咖啡？」野玫瑰皺起眉頭。「如果她醒了怎麼辦？」

「嘻嘻，團長大人，我們當然有派人看守。」三腳蟾蜍冷笑。「只是，妳察覺不到他們罷了。」

「我看不到？」野玫瑰冷哼了一聲，她雖然對這兩位朋友十分信服，有時候仍會感到微微的恐懼，這兩人的能力特殊，實力強橫，會真心幫她打開夢幻之島嗎？

「既然您擔心。那我就請這幾位朋友現身好了。」三腳蟾蜍聳肩，張大嘴巴。「伊賀忍者老兄，請您出現一下吧。」

伊賀忍者？野玫瑰心裡嘀咕了兩聲。這不是古代日本專行暗殺職務的特務集團嗎？

就在野玫瑰沉吟之際，忽然，她感覺到屋子旁邊的樑柱，竟然像一條大蟲，緩緩扭動起來。

「啊？」野玫瑰張大了嘴巴。

樑柱中，一名身穿全黑的夜行衣悄悄浮現，連口鼻都包住的蒙面人，只露出一雙深邃的黑色眼珠。

「你是……伊賀忍者？」野玫瑰傻愣愣的看著眼前的這名忍者。難道這人真的是忍者，不然怎麼不用道具就可以隱身？

「是。」那忍者微微鞠躬。「奉伊賀族主之命，『我們』協助看守這名女子。」

「等一下，『你們』？所以這裡不只你一個？」野玫瑰更加驚訝了。

「是，這裡連我在內，共有六位忍者。」

「六位……這麼小的屋子內，竟然藏有六個人，而我卻完全沒有發覺？」野玫瑰的心情更加複雜了，自從她的得力手下兼好友荊棘玫瑰離開之後，她無法抑制的產生了內疚的感覺，更讓她清醒了不少，開始懂得畏懼這群來歷不明的怪物。

這些人擁有這樣特殊而強大的力量，真的會幫助薔薇團走向霸者之路嗎？

會不會，荊棘玫瑰擔憂的才是對的？

我真的引狼入室嗎？我真的誤逐老將嗎？我真的……被催眠控制了嗎？

「聽我說一句話好嗎？野玫瑰老友。」白骨精察覺到野玫瑰的猶豫，立刻以柔細麻癢的吹氣，吹著野玫瑰的耳後。「妳不用擔心，相信我們……我們是最可以信賴的夥伴，對不對？」

「你們……是最可以……信賴的夥伴……」在白骨精如蘭的吹氣之下，野玫瑰的意識又恍惚起來，再度放棄好不容易才醒覺的自我意識。

「是啊……這樣才乖嘛……」白骨精輕輕摸著野玫瑰後頸，像是媽媽在提醒著小孩。

「又控制住了啊。」三腳蟾蜍在一旁看著，咧嘴笑了起來。「白骨精，你這手催眠控制，當真是無敵，這個白癡野玫瑰，被妳耍的一愣一愣，我看比起控制術，連九尾狐都不是妳的對手。」

「哼哼，九尾狐，我和她是不同的法術，她的是媚術，而我是催眠術。」白骨精枯瘦的手指持續摸著野玫瑰的後頸。「但是，我的催眠術對法咖啡這女孩就是沒用，真是奇怪……」

「多試幾次呢?還是沒用嗎?」三腳蟾蜍用力一跳，跳到了昏迷的法咖啡身邊。

「還是沒用。」白骨精露出困惑的表情，「其實我的術是一種『呼吸同調法』，簡單來說，就是去控制對方的呼吸節奏，引導她的呼吸和我同調，促使對方陷入沉睡中，然後我再從睡眠中施加暗示。」

「嗯。」

「可是，對這女孩，她的呼吸節奏很特殊，我不但無法將她的呼吸引導過來，反而會被她牽引，差點我就跟她同調了。」白骨精說到這裡，額角冒出了幾滴冷汗。「現在回想起來，真是兇險。」

「怎麼個兇險法?」三腳蟾蜍不解：「不過就是呼吸而已啊。」

「不，對催眠術來說，誰掌握了呼吸節奏，誰就是主人，我幾次被她奪回主權，全靠我在催眠術上的苦功，才勉強逃開。」白骨精苦笑。「如果我的呼吸被她控制，那現在的我，可能就會變成你們最大的敵人了。」

「嘖嘖。」三腳蟾蜍看著熟睡的法咖啡。伸出長長舌頭，舔了自己的嘴唇。「沒想到這小妮子，深藏不露啊。」

「沒錯。」白骨精眼裡閃爍異光。「這小女孩恐怕不是一個普通玩家那麼簡單，所以我強烈建議，應該對她快刀斬亂麻，如果她有什麼特殊能力覺醒了，肯定對我們相當不利。」

「白骨精，嘻嘻，放心放心。」三腳蟾蜍拍了拍白骨精的肩膀。「等到我們引出了阿努比斯之後，這小女孩就沒有任何利用價值了，到時候要砍要殺，就隨妳高興啦。」

「嗯。」白骨精歪著頭，凝視著法咖啡，眼神盡是擔憂：「希望一切都像我們想的這麼順利啊……」

不過，白骨精並不知道，這一切當然不會像她所設想的如此順利……

因為，他們的對手，可不是一般人物，而是夜王阿努比斯。

此時，夜王正在做什麼呢？

他正坐在船上，在台北城中穿梭。

你也許會問，有沒有搞錯？台北怎麼可以坐船？其實，台北早期在日據時代以養殖為主，整個台北以「瑠公圳」為主體，建構出複雜而綿密的水路網絡，但是隨著陸上發展逐漸取代了水文系統，於是，台北的水路轉為地下，成為陰暗而且神祕的地下水道。

而地獄遊戲的設計極為精良，連這些已經逐漸被台北人遺忘的地下水路，都一併設計進來。

此刻，夜王正是以「瑠公圳」為交通路線，悄悄的在台北的地下移動著。

夜王的小船上共坐有兩個人，一個人穿著破爛骯髒的衣服，左手缺了一根指頭，正是夜王御用的情報王——九指丐。

在這一片幾乎無光的水道下，夜王的船剛剛經過，他們背後的水面，又傳來嘩啦的微弱水聲。

後面，還跟著另外一艘完全相同的船。船上坐著七八個玩家。

而且每個玩家手臂上，都亮出了一個少見而且氣勢驚人的隊章，這是「遊俠團」的隊章。

當第二艘船經過，水聲卻仍未止歇。

又是一艘載滿了七八個人的小船。同樣是遊俠團的臂章，緊隨著夜王的小船，從黑暗中浮現了出來……

就這樣，一艘接著一艘，一船接著一船，前前後後，共穿過了數十艘載滿玩家的小船。

九百五十人的精銳部隊，正在夜王的率領下，悄悄的前進著，可以想見的一場驚動台北城的大戰，正帶著山雨欲來的氣勢，暗潮洶湧的醞釀著。

「九指丐。」阿努比斯說：「我們可以在傍晚之前抵達薔薇團台北的根據地吧？」

「可以。」九指丐點頭。

「嗯。」阿努比斯點了點頭，不再言語。反而是九指丐搔頭弄耳，一副想說話卻不知道該如何說起的模樣。

「你想問什麼，就問吧。」阿努比斯看出了九指丐的意圖。

「嘿嘿，老大。」九指丐抓了抓頭髮。「我想說的是，您老還真厲害，遊俠團平常分散在台北各地，真的只有您的一句話，可以把所有的人都喚出來，只是，我心裡頭一直有兩個疑問……」

「問吧。」

「老大，您選了九百五十名遊俠團的精銳，要猛攻薔薇團在台北的根據地，但是……根據我的情報，您要救的法咖啡，明明就被薔薇團關在北投的一間破舊公寓之中，您不顧北投的法咖啡，硬使出這招強攻，恐怕會逼急薔薇團以法咖啡的性命做要脅，要我們撤退，到時候我們是賠了夫人又折兵啊。」

「嗯，好問題。」阿努比斯雙手枕在頭下，悠閒的半躺在小船中，看著九指丐。「那你有什麼建議呢？」

「嘿，老大啊老大，我只是一個小嘍囉，老大是你欸。」九指丐看著阿努比斯，雙眼閃爍著狡猾的光芒。「不過，我猜老大您肯定早有定見了吧。」

「呵呵。」阿努比斯微微一笑。「既然你問了，那我就跟你說吧，我們的隊伍強攻薔薇團，只是一個手段，我要『圍趙救魏』。」

「圍趙救魏？」九指丐想起了春秋戰國的故事，「你是說，你假裝攻擊薔薇團的基地，只是為了解救法咖啡的圍？」

「沒錯，你果然聰明。」阿努比斯說：「這樣說好了，如果我們派出大軍壓至北投，你覺得以薔薇團和黑榜群妖的力量，會沒發現我們大軍的蹤影嗎？到時候他們帶著法咖啡逃向遠方，再以法咖啡做要脅，豈不是更加麻煩。」

「啊，好像有道理。」

「我們強攻薔薇團，便是以一整個薔薇團作為我們談判的籌碼，逼他們不得不妥協。」

「可是，如果對方不肯妥協呢？法咖啡畢竟還在他們手上啊？我們難道不管她的死活，硬用薔薇團和對方換？」

「誰說我們不管法咖啡的？」阿努比斯看著九指丐。

「啊？」

「強攻薔薇團只是第一個計謀，第二個計謀，則是由我親自出馬去把法咖啡給偷出來，我出手，必能殺得黑榜群妖一個措手不及。」

「這這這……」九指丐不是不懂阿努比斯的計策，只是深為這計中計的危險性和精巧性，感到震撼。

因為薔薇團害怕遊俠團會強攻本部，所以把法咖啡藏到了北投公寓，沒想到，阿努比斯將計就計，還是不顧一切去攻打薔薇團本部，而且利用地下水道為掩護，讓遊俠團脫胎成深夜中最致命的部隊。

而且，阿努比斯還決定善用自己「以一敵百」的能力，以一己之力搶救法咖啡，趁著對方必須派大將回來支援薔薇團的時候，把法咖啡救出來。

阿努比斯善用對方的計策，將局勢拉回到自己這一邊，這種頭腦和霸氣，當真是台北城第一。

「但是，但是……」九指丐思考了數秒，他終於知道，他內心浮現出來的隱憂是什麼了。「老大，如果野玫瑰和黑榜妖怪，寧可要法咖啡也不要整個薔薇團……怎麼辦？」

「九指丐，你是說……藏在北投公寓的那些高手，不肯回來拯救薔薇團嗎？」

「是啊。」

「這樣不是正好。」阿努比斯拿起枕在頭後的雙手，露出霸氣十足的邪惡微笑。「那我們遊俠團，就把薔薇團給真的埋葬掉吧！」

這瞬間，九指丐看著阿努比斯的笑容，忽然背上湧起一股雞皮疙瘩。

「老大。」九指丐也笑了，只是笑容裡面卻少了霸氣，多了一份試圖隱藏的驚恐。「您老真的該來黑榜，我們就需要您這種人才啊！」

「不過，我有件事要拜託你。」阿努比斯定定的看著九指丐。

「嘻嘻，不會又是一個要用命來換的事情吧？」

「差不多。」

「咦？」九指丐睜大了眼睛，因為他看到了……

阿努比斯做了一件，從進入地獄遊戲以來，他從未做過的一件事。

而且這件事，更是無數癡迷於夜王的地獄遊戲玩家們期望已久的一件事。

阿努比斯，把手伸到他的後腦勺，握住自己的木質面具，輕輕往上一掀。

「我要把面具給你。」阿努比斯在面具底下的臉，慢慢顯現出來。

「面具……給我？」九指丐看著阿努比斯的臉容慢慢的浮現，他的心跳不能控制的加速起來。

「我要你代替我去這次的攻堅，帶領遊俠團擊潰薔薇團。」

「嗯，老大，你要用真面目去救法咖啡？」

終於，阿努比斯把臉上的面具整個拿了下來。

而小船，也剛好駛入了最深邃無光的地下河道中，一片純然的黑暗籠罩住阿努比斯和九指丐兩人。

「老大？老大？」

等到船終於再度進入有著微光河面，九指丐赫然發現船上的阿努比斯竟然已經消失了。

只剩下一個古老的木質胡狼面具，和一件折好的黑色披風。

而阿努比斯，卻在不知道何時，離開了小船，在一片黑暗的水聲中消失了。

傍晚，當夜色籠罩了台北城。

一聲悶響，揭開了這場戰役的序幕。

遊俠團的大軍，從水路中突然浮現，攻入了薔薇團基地的核心。

這裡是台北城站前新光三越的外圍，也是有補習街之稱的南陽街。

在當時，薔薇團的荊棘玫瑰一怒出走，野玫瑰和黑榜群妖前去北投祕密公寓，所以薔薇團中只剩下情報部粉紅玫瑰和後備部豔紅玫瑰，以及千餘餘名薔薇團團員。

雖然，薔薇團在人數上擁有絕對的領先，但是，遊俠團卻擁有埋伏突襲的優勢，以及鬱了幾個月的鳥氣。

因為這股鳥氣，所以屠殺薔薇團的時候，遊俠團絕不手軟。

戰鬥一開始，薔薇團的團員們正在南陽街唱片行閒晃，忽然從地面冒出來的遊俠團團員，就已經衝到了面前。

「啊～～啊～～」數十道薔薇團團員的哀號，從整條南陽街的每個角落，同時傳了出來。

「出來吧！工人們的武器！」遊俠團中工人職業的玩家，召喚了各種重工具，在一片此起彼落閃爍的紅光中，電鋸、電鑽、釘槍，甚至是鐵鎚都全部出籠，將還在睡夢中的薔薇團員，打趴成一片。

南陽街的各處不斷有全身浴血的薔薇團團員，翻滾而出，在地上抖動兩下，就變成了一堆道具。

遊俠團氣勢如虹，除了工人職業外，再度發動第二波的商人攻勢，南陽街的馬路上，一片錢幣金光閃過，出現了千餘名面貌醜陋的殭屍，撲向正在進要張開結界的薔薇團團員。

薔薇團的團員，有的被殭屍咬去半邊頭顱，有的則是被殭屍剝去了半個身體，有的更被數隻殭屍分屍，地上持續不斷閃爍著農夫玩家死去時出現的綠光，將整個南陽街照耀成一片深綠色的翡翠之路。

薔薇團節節敗退，只有少數等級較高的玩家，臨時張起了防禦性的「結界」，暫時抵擋住遊俠團發狂似的猛攻。

這些玩家用一個正方形的透明結界，把自己包圍起來，阻擋住來自四面八方的攻擊。

而且，真正恐怖的是，他們就算有著堅強的結界，依然可以感受到周圍無數殭屍拍打著透明結界，想要衝進來將你撕裂的恐怖感。

只是，這樣零星的保護卻沒持續多久，因為遊俠團第三波攻勢已經發動了。

「召喚，士人的法術書。」站在遊俠團最外圍戰線的，正是向來手無縛雞之力，卻有一身遠距離法術的士人。

會這樣佈局，是因為遊俠團的夜王，老早就針對薔薇團的弱點進行分析。

薔薇團最強的部份，就是因為他們都是農夫職業，使得他們能架起無人能敵的結界。

但是，薔薇團的缺點，也在於他們全都是農夫，而靠天吃飯的農夫們，最怕的……當然是一直報錯的「新聞報導」！

「士人法術，錯誤的天氣學！」所有遊俠團的士人，同時喚出了他們藍色的法術書，上百人的大喊，氣勢萬千。

百人聯合的法術，在天空中凝聚成巨大的深藍色光球，光球不斷急速旋轉，旋轉，最後往四邊爆裂。

而這爆裂之後過後的地方，天氣開始變得十分不穩定，一會放晴一會下雨，一會打雷一會陽光普照。

整條南陽街的上空，被太陽、烏雲、晴空、甚至是龍捲風給掩蓋，變成了一條連天空都在哭泣的混亂之路。

接著，薔薇團團員們辛苦結成的結界，開始腐蝕崩潰。

荊棘遍佈的「荊棘結界」，在經過烈日和狂風交互侵蝕之下，化成一片乾枯的泥沙。

農夫的向日葵結界，被烏雲遮去的大半，向日葵紛紛垂頭凋謝。

短短的幾分鐘內，薔薇團最自信的結界一個一個潰散，那些躲藏在透明結界裡的高手，只能睜著一雙眼睛，看著自己的結界牆壁逐漸變薄，變薄……而外面殭屍腐爛的手指頭也越靠越近……空氣間甚至可以聞到殭屍嘴裡噴出來的惡臭……

「救命啊！團長！」薔薇團團員發出淒厲的大喊，這一剎那，透明的結界破了！

而他的頭，像是瓜子一樣被第一個衝進來的殭屍，用雙手給壓扁，剝成了兩半。

接著，他的左腳被拉到了肩膀上，右腳則被拋向一百公尺外的郵筒旁。

第一個透明結界的崩潰，之後又是第二個、第三個……像是連鎖反應似的，南陽街上僅存幾個屹立不搖薔薇團高手，都被如怒浪的遊俠團給毫不留情的給吞沒。

遊俠團夾帶著數個月來無與倫比的怒氣，一波又一波的攻勢，對眼前的敵人進行殘酷的滅殺行動。

因為薔薇團之前利用遊俠團團員間的義氣，將他們分別誘出來擒殺，這樣的行為早已經激怒了這個台北第一的戰團，遊俠團。

不僅如此，更激怒了整個台北市的閒散玩家，薔薇團就算遭遇多殘忍的攻擊，也沒有其他團隊願意出手相救。

就在薔薇團在南陽街的玩家，已經被遊俠團給毀滅殆盡，戰鬥即將接近尾聲之際……
「兄弟們，進入旁邊的建築物中！把所有藏在建築物裡面的薔薇團團員，全都給抓出來！」
九指丐隱藏在遊俠團的攻擊部隊中，他戴上夜王的面具，假裝發號師令。
九指丐雖然沒有夜王阿努比斯無上的霸氣，卻有著夜王親手脫下給他的面具和披風，這兩用東西幾乎等同於遊俠團的純金玉璽。

「見此物，如見夜王本人。」

遊俠團一舉佔領了南陽街街道，氣勢強橫，他們二十人為一小組，往兩旁的建築物湧入，準備進行第二波肅清。
不過，正當遊俠團無往不利的時候，忽然，南陽街的半空中，一家寫有「鶴折」字樣的補習班，裡頭的玻璃盡裂，數十名的遊俠團玩家，發出哀號，被凌空摔出。
不只如此，鶴折補習班的每個窗戶，竟然同時冒出茂密無比的牡丹花，牡丹花象徵的是高貴與大方，如此大氣的花朵，瞬間爆滿了整個鶴折補習班，原本灰褐色的建築變成一朵驚人而巨大的花束。
「牡丹啊！」九指丐面具底下發出大喊，「所有人小心，是薔薇團三大戰將之一，粉紅玫瑰！」

沒錯，正是粉紅玫瑰，只見她一身粉紅色的服裝，從一大片花團錦簇中現身，雍容美豔中帶有令人驚懼的殺氣。

「遊俠團，你們太過分了，竟然騎到我們頭上來了啊！」粉紅玫瑰原本「卡娃伊」的表情，換上了猙獰的怒氣。「那就讓你們嚐嚐我『牡丹花結界』的力量！」

「牡丹花結界？」九指丐那充滿情報的腦袋中，想起了這結界的厲害，他發出大吼。「遊俠團的團員注意，掩住你們的口鼻！」

「綻放吧！牡丹！」粉紅玫瑰站立在鶴折大樓的樓頂，腳踩著盡其華麗之能事的牡丹花叢。「牡丹花下死，做鬼也風流啊！」

這聲「風流」剛過。

整個南陽街的玩家們，彷彿聽到耳邊傳來一陣帶有騷動似的風聲。

風裡頭，帶著濃濃的牡丹花香，如此醉人，卻也如此令人膽寒。

因為，這一瞬間，粉紅玫瑰腳下的牡丹花，那上萬朵雍容華貴的牡丹，同時碎裂開來。碎裂成千億個花瓣，紅的、紫的、白的、粉紅色的，像是一場華麗的牡丹花雨，橫捲向一整條街的玩家。

牡丹花瓣沒有像荊棘玫瑰的「劍蘭」那樣，具有毀滅結界以內任何生靈的破壞力，取而代之的，卻是另外一種危險而柔性的攻擊。

花瓣像是小蟲一樣，一旦黏附到玩家身上，馬上會鑽向玩家的七竅，從鼻子、嘴巴、甚至是眼睛，而且只要一進入玩家的七竅內，牡丹花瓣便會根深蒂固，吸收玩家身體的養分，生長出另外一朵更加明艷的牡丹。

接下來，從七竅湧出的巨大的牡丹，會完全封死人類賴以生存的呼吸道，直到中招者窒息而亡。

粉紅玫瑰不愧為薔薇團的重要戰將之一，她一出手，立刻除去了將近五十名的遊俠團團員，地面上蜂擁而出五十朵鮮豔的牡丹，都是從遊俠團團員屍體上湧出，如此美麗，也如此奪命。

「嘖嘖嘖嘖，這樣的牡丹花瓣，跑到眼睛裡面，不就痛死。」九指丐連連搖頭。「不過，最糟的還是讓它們跑到肛門裡面，肛門後面長出一朵紅牡丹，豈不糟糕？」

不過，遊俠團不愧是夜王底下身經百戰的高手，面對粉紅玫瑰這樣突如其來的攻勢，只損失了前面五十位戰士。

後面的商人們，召喚對法術攻擊遲鈍的殭屍到前面，擋住了這一波流動的牡丹花瓣。

就算牡丹花瓣落到殭屍的臉上，在他們的鼻孔裡頭生出一朵又一朵的大牡丹，也不會影響殭屍們的行動力。

頂多把殭屍們變得可愛又可笑而已！

「哼！」粉紅玫瑰發出一聲低哼，纖細的右手一彎，忽然一朵藍色的小花，從她手上飄了出來。「風信子，去把我們苦戰的消息帶給野玫瑰和荊棘玫瑰吧！」

風信子是屬於農夫職業的特殊「傳訊工具」，它幾乎是無法攔截的信件傳輸，和士人的「上課紙條」以及商人的「貴死人的黑貓宅即便」齊名，可以準確的將各種訊息傳到收件者的手中。

看著這朵藍花逐漸隨風遠離，粉紅玫瑰輕輕嘆了一口氣。

「荊棘姊姊，我多希望，此刻能和妳一起並肩作戰，所以，我相信妳一定會回來的！」說到這裡，粉紅玫瑰收起哀傷的苦笑，表情變得堅毅而勇敢，她手中的牡丹一揚，準備發動第二波的牡丹花攻勢。

可是就在這個時候，她忽然感覺到頭頂一片明亮的亮光，正激烈的閃爍著。

猛一抬頭。粉紅玫瑰看見了天空中佈滿了密密麻麻的金色流星。

然後，她聽到百人同時吶喊的雄壯聲音。

「落下吧！背不完的十萬個單字！」

這個生死關頭，粉紅玫瑰選擇將所有的靈力往上推，構成一朵十人合抱的巨大粉紅牡丹，擋在如暴雨狂風的流星之前。

這些流星，都是因為『十萬個英文單字』奔騰而下，宛如一道從天而降的金色瀑布，落在這朵巨大牡丹之上。

金色流星被牡丹往四面八方彈開，把南陽街建築物的牆壁，炸出一個又一個焦黑的深孔，而這朵由粉紅玫瑰全部靈力所凝聚而成的大花，也同時被流星穿過，變成滿天燃火的花瓣。

如雨的火焰花瓣緩緩落下，伴隨著急速奔散的流星，此情此景，美麗到底下所有的人們都停止了戰鬥，屏息凝視著天空。

隨著時間過去，百人同時發動的『十萬個字英文單字』已經接近了尾聲，他們合了百人之力，才使出和少年Ｈ一人就能完成的法術，可是，這招『十萬英文單字』無愧為士人十大絕招之一，無論是威力和華麗度，都美的驚人。

但，雖然法術已經即將結束，粉紅玫瑰卻提早一步，潰散了。

巨大的粉紅玫瑰化成無數花瓣散落，花瓣一落到地上，馬上透明然後消失在土地之上。

流星即將落盡，眾人的視線也清楚起來，鶴折補習班的樓頂，剩下一片焦黑，和一個衣衫破爛，卻依然高高站立著的女人。

這是粉紅玫瑰，一個靈力耗盡，恐怕連普通玩家都打不贏的驕傲女戰士。

「呼……」粉紅玫瑰臉上的表情，沒有戰敗者出現的驚惶和畏懼，反而是深深的悵然。「也許，我們薔薇團真的錯了，小三一死之後，我們開門揖盜，引狼入室，從那個時候起，我們就全盤錯了。」

眼看著，天空一顆殘存的流星，正在慢慢的盤旋落下。

粉紅玫瑰卻沒有閃躲。

她選擇張開雙手，迎向這顆微弱卻致命的小流星。

「荊棘玫瑰，豔紅玫瑰，小三……如果還有下一次的遊戲，我還是想跟你們組團。」粉紅玫瑰閉上了眼睛：「我好懷念，薔薇團只有四五個人的時候啊，那時候我們雖然都很弱，連一隻低等的警察都差點要了我們的命，但是我們很快樂，真的很快樂……」

「荊棘玫瑰，妳沒回來，真的好可惜……」

「好可惜……」

最後一顆流星撞上了粉紅玫瑰柔軟的身體，這瞬間，鶴折樓上放出炙熱的光芒，那是碧綠色的柔光，也是屬於高等農夫死亡時候才會出現的尊貴色澤。

光芒消散之後，十幾個道具在地上輕輕晃動著，而伊人已經不在。

戰鬥開始三十五分鐘。

薔薇團的主將，粉紅玫瑰，正式陣亡。

當粉紅玫瑰在『背不完的十萬個單字』之下，華麗退場之際。

南陽街的另外一頭，另一場激戰悄悄的上場了。

不愧，這次戰鬥的主角沒有牡丹花這樣驚艷全場，取而代之的，是一朵又一朵的橘色小花，飄逸在南陽街的空中。

這些正在南陽街激戰的遊俠團玩家們，看到身邊飄過一朵輕柔的橘色小花，起初毫不在意，可是過了幾秒鐘，忽然覺得心跳加速，腦袋一陣充血，急速湧上來的快感，讓他們眼前出現各種幻象。

他們幻想出各種奇怪的魔物，在南陽街上出現，遊俠團的團員害怕起來，揮動手上的電鋸，卡卡卡幾聲，就鋸下了旁邊夥伴的半邊腦袋。

還有商人擅自發動召喚法術，叫出各種來自地獄的怪物，目標不是薔薇團，而是自己的夥伴。

怪物們，咬著曾經和自己一起奮鬥的夥伴，超乎想像的殘酷畫面，充斥在這條街道上。

這些無數的橘色小花繼續迎風飄揚，只要飄過一個區域，那個區域就會開始混亂，無論敵友，混戰成一團。

這時候，躲在最後假扮夜王的九指丐眼尖，發現了空中飄揚的橘色小花，他腦海靈光一閃，指著前方大喊。

「所有人注意，不要接近小花！這是罌粟花！這是薔薇團的第二位大將，豔紅玫瑰的絕招！」

就在九指丐驚惶之際，在那些小花的中心，一個身穿紅色低胸晚禮服，一對傲人Ｆ罩杯雙峰的長髮女子，帶著媚笑出現了。

「嗨，各位帥哥好，我是峰峰相連到天邊的……豔紅玫瑰。」豔紅玫瑰把手心拖住唇邊，輕輕一吹，立刻吹出數十朵飄揚的橘色罌粟花。「來吧，進入我的幸福世界吧，寶貝們！」

就在同一個時刻，風信子似慢實快，飄過了大半的台北市上空。

然後，風信子如螺旋槳的花瓣顫動兩下，在一隻纖細白皙的手掌間停了下來。

「遊俠團！竟然發動攻擊了！」那手掌的主人發出了咬牙切齒的聲音，「粉紅玫瑰妹妹，等著我，我馬上就回去了！」

手掌的主人穿著一襲剪裁合宜的女子西裝，短髮整齊的收在腦後，她雖然是一名女子，但是她的帥氣程度卻不亞於不任何一名男子。

她就是薔薇團的頭號女英雄，荊棘玫瑰。

「風信子，去吧，去尋找妳第二個目標，野玫瑰。」荊棘玫瑰眺望著遠方，「如果我們的領袖還有一顆良心，就會一定趕回來的。」

「我相信妳會回來的，野玫瑰。」荊棘玫瑰的聲音透露著和粉紅玫瑰相同的懷念，「我相信妳會記得，我們曾經一起奮戰的歲月。」

「我相信妳……」

第八章《薔薇浴火篇 之二》

台北城。

就在南陽街遊俠團和薔薇團，進行數千人的殊死戰之際，一個掌握了整個戰局關鍵的人物，正在前往北投祕密公寓的路上。

他脫去了招牌的胡狼面具和黑色大衣，穿上普通人的衣服，走過北投大街，來到了祕密公寓的前面。

脫去戰袍的他，雖然少了一份神祕，身形中依然難掩霸者之氣，宣告著他不凡的身分。

他抬起頭，似乎感受到公寓中靈氣澎湃，至少三個以上的黑榜妖怪隱身其中，還有十餘個隱諱不明的高手潛伏在一旁，阿努比斯要硬闖不是不行，只怕會傷了法咖啡。

「看樣子，不能強攻，只能暗中動手了……」阿努比斯沉吟了兩秒，忽然，他手上多了一個物體，慢慢從透明而清楚，這是一直伴隨著阿努比斯征戰多時的老友，獵槍。

「獵槍啊獵槍，這次，可能要請你改頭換面一次了。」阿努比斯這句話才剛說完，他手上的獵槍形態竟然開始改變。

原本就是阿努比斯的靈力所構成的獵槍，呼應著阿努比斯的期望，槍管逐漸細長，由本來棕色變成了適合在夜晚行動的純黑色，更重要的是，在槍身的上頭，竟然多了一個瞄準鏡。

原本伴隨阿努比斯衝鋒陷陣的獵槍，自從變成火箭筒之後，這次又創造了一個全新的形態，它變成了一把戰場上所有人的惡夢，「狙擊槍」。

「很好。」阿努比斯把狙擊槍扛上了肩膀，雙眼中是濃濃的殺意。「黑榜群妖們，讓我們好好跳一場安靜無聲的，殺人舞蹈吧！」

北投公寓中，第一個神祕消失的人，是六位伊賀忍者中的一位，他的代號是六號。

當天晚上，原本守夜的時候輪到六號交接，卻遲遲未見他的人影。

他消失了。

像是人間蒸發似的消失了。

為了這件事，伊賀忍者和白骨精等人，緊急召開了一次會議。

「伊賀，你們那個六號逃走了吧？」三腳蟾蜍露出輕蔑的表情，歪著嘴巴說。

「不可能。」身為伊賀六人小組的領袖一號，他搖頭。「六號他的戰鬥實力雖然不強，但是加入伊賀家族已經相當長的時間，忠誠度絕對足夠，不可能逃跑的。」

「怎麼不可能？」三腳蟾蜍冷哼一聲，「現在也沒敵人，他沒事幹嘛搞失蹤？一定是沒種跑掉了！」

「不可能。」一號依然是那副堅定的態度。

「你還堅持？你們織田信長自以為天下無敵，結果在新竹竟然被一個女人被擊敗，部隊還被一個十幾歲的少年H給殲滅，這樣的隊伍，我看沒兩天就逃光了！」三腳蟾蜍說話尖酸刻薄，嘲諷道。

「不可能。」一號絲毫不為三腳蟾蜍所激，只是搖頭。

只是一號背後的其他忍者，卻已經按捺不住，他們發出憤怒的咆哮聲，亮出自己的武器，想要撲上去把三腳蟾蜍撕成碎片。

三腳蟾蜍則是面露冷笑，他原本就看不慣伊賀忍者神祕而沉靜的模樣。想趁著這個機會，好好的挫一下伊賀忍者的銳氣。

「三號，控制你自己的脾氣！」一號忍者轉頭，瞪著自己的夥伴三號。

更詭異的是，這瞬間，一號忍者的眼睛倏然轉白。

而且，不是翻白眼那種可笑的死白，而是一種詭異的純白，像是手術台上足以照亮病人每個毛細孔的「無影燈」。

這白眼一開，方才暴怒的三號只覺得自己彷彿全裸，暴露在一片兇狠的刀光劍影中，本能式的戰慄讓他再也不敢妄動。

「族主是怎麼教導我們的？」一號聲音低沉：「當忍則忍，當殺該殺，為了這一點小事動怒，怎麼成就大事？」

「是……」三號急忙退後，跪下。

「是……」三號跪伏在地上，身體微微顫抖。「三號知錯了！」

「知錯就好……」一號正要說話，忽然他們聽到一陣響亮的掌聲，轉頭看去，拍手的人正是剛才挑釁的三腳蟾蜍。

「嘖嘖，是『白眼忍術』啊！沒想到我會在這裡看到這麼傳奇的忍術呢！」三腳嘿嘿的笑著。「傳說中，白眼忍術能看出敵人全身靈力的最弱點，並給予最致命的擊破，是傳說中五大忍術之一。」

「哼。」一號眼睛閃過一絲羞怒。

「嘻嘻，既然有白眼的忍者做保證，我們就相信你們六號不是害怕潛逃，更不是迷戀上北投的溫泉小妞，跟人家跑了。」三腳蟾蜍臉上掛著不懷好意的冷笑，繼續嘲諷著眼前的伊賀忍者。

「哼，我們這次會議就到此，至於六號為什麼會失蹤，我們伊賀忍者會自己查清楚。」一號忍者率眾起身，就要離開這個房間。

「嘻嘻，請慢走，請慢走！」三腳蟾蜍嘻嘻笑著。「要小心啊，這附近女孩泡了溫泉，個個唇紅齒白，皮膚白嫩，可別又被女孩們勾走啦。」

「哼！」一號聽到三腳蟾蜍這樣說，推到一半的門停了下來。一號回頭冷冷瞪著三腳蟾蜍一眼，雖然一號沒有使用白眼忍術，但是眼神中凌厲的殺氣仍讓人深深畏懼。「三腳蟾蜍，我們伊賀忍者才不怕你們！要不是看在血腥瑪麗的份上，今天晚上就讓你變成『單』腳蟾蜍！」

說完，一號忍者拉開門，氣沖沖的轉身離開。

這時，白骨精拉了拉三腳蟾蜍，埋怨道：「你這隻笨蟾蜍，幹嘛去得罪伊賀忍者，日本忍術可不是好惹的！」

「哈，你以為我真的這麼傻？自己找罪受？」三腳蟾蜍冷笑著。「我是要挫挫伊賀忍者的銳氣。」

「為什麼？」

「你可知道，日本忍者分為兩大派系，一是伊賀忍者，一是甲賀忍者。」

「嗯，那又怎麼樣？」白骨精皺眉問。

「這兩族忍者都為戰國時代的霸者效力，專司暗殺或是詭謀這些見不得光的手段，像是織田信長、武田信玄，就連標榜著仁愛統一日本的德川家康，他得到天下的過程，也有忍者的影子，專門替德川處理一些骯髒的事情。」

「喔？那又怎麼樣？」白骨精聽得一頭霧水。她活了數百年，歷史上哪一個政權的取得不骯髒？

「而忍術又分成甲賀和伊賀兩大派系，為什麼呢？有人說，忍術最開始其實只有單一的創史者，是那些霸者透過忍者得到了權力之後，害怕自己有一天也會被忍者反撲，因為忍者那種在半夜割去敵人腦袋的暗殺能力，實在太令人害怕了。於是，霸者們開始利用金錢、權力、名譽、女人等等……設計忍者們互相殘殺，以弱化他們的力量。」

三腳蟾蜍又繼續說：「於是，忍者們百年來不斷互相殘殺，終於分成了兩大派系，一是甲賀，二是伊賀，這兩族雖然同源同種，事實上卻恨對方入骨，以各種殘酷的手段陷害彼此。伊賀和甲賀忍術擅長結合各種毒蟲，像是蛇、蜈蚣、蛞蝓和蟾蜍，伊賀的聖獸是蛇和蜈蚣、而甲賀最愛蛞蝓和……」

「三腳蟾蜍，我是問你為什麼要激怒伊賀忍者，你幹嘛自己當起了歷史老師？」白骨精一臉無奈：「你難道要教我日本歷史嗎？」

「嘻嘻，是啊，說了這麼多廢話。」三腳蟾蜍把骯髒的大臉湊近了白骨精。「告訴你一個祕密好了。」

「什麼祕密？」白骨精畢竟是一個女人，一聽到有祕密，全身的八卦細胞馬上就活絡起來。

「甲賀的聖獸是蟾蜍。」三腳蟾蜍那灼熱骯髒的氣息，噴在白骨精的耳邊。「你猜猜，那隻蟾蜍是誰？」

「啊？」

「這可是個祕密。」三腳蟾蜍冷笑。「我雖然源自中國，可是在中國老是不受妖怪界的重視，終於在日本受到了青睞。嘻嘻，伊賀現今的老大是蜈蚣所練化而成的妖怪，她大概萬萬沒料到，她的徒子徒孫會跑到台北來，遇到她的死對頭吧。」

「原來，你懂得忍術？」白骨精訝異的說。

「我不但懂，還是一個專家呢。」三腳蟾蜍得意的說。「在中山捷運站，第一次伏擊法咖啡的時候，要是我拿出忍術，她那小小一根槌子，能碰到我分毫嗎？」

「哼，三腳蟾蜍，沒想到你還挺深藏不露的嘛。」

「好說好說。」三腳蟾蜍咧嘴笑著說。

「不過，三腳蟾蜍你真的覺得，伊賀忍者六號真的是自己逃亡的嗎？」白骨精低聲說。

「當然不是。」三腳蟾蜍起身，披上了牠慣穿的深褐色古舊斗篷。「這肯定是阿努比斯那邊人馬搞的鬼。」

「那你還如此羞辱伊賀……」白骨精皺眉的說。

「你不懂甲賀和伊賀之間的關係。」三腳蟾蜍嘴角揚起陰森的笑容。「對甲賀來說，伊賀忍者可是死越多越好呢，不羞辱他們一下，他們怎麼會傻到去……飛蛾撲火呢？」

北投公寓中，黑榜怪物們各懷鬼胎，分崩離析，對正在伺機而動的阿努比斯來說，正合他的心意。

忍者六號的消失，的確是阿努比斯所為。

他利用夜色作掩護，選了一個完美的至高點，架好狙擊槍，靜待了三十分鐘之後，伊賀六號便露出了第一個破綻。

很不幸的，那剛好也是他生命中最後一個破綻。

狙擊槍的火焰，在北投市燈光明亮的夜晚，顯得如此微不足道，但，當這樣的細弱火焰過去，卻讓一位黑榜高手倒在血泊之中。

六號倒地。阿努比斯一翻過牆，利用從清道夫手上搶到的道具『什麼都能裝的垃圾袋』，將忍者六號的屍體完全滅跡。

「要以寡擊眾，就是要利用恐懼和猜忌。」阿努比斯收起了垃圾袋，冷冷的說。「各位黑榜高手，請你們好好的猜一猜吧，殺手，究竟是誰？」

六號的消失，對這棟原本就不團結的公寓，平添了更多的變因。

接著，是正在巡邏的五號。

在鄰近的三棟公寓外，阿努比斯把槍架好，等待時機。

正當五號忍者，以忍者獨有的無聲步伐，走過了公寓的窗邊之際。

千載難逢的機會，如同黑夜中點燃了一盞燭光，微弱但是準確的暴露了忍者五號的行蹤。

在一根根橫條的鐵窗邊，五號忍者露出了他四分之一的臉。

阿努比斯在狙擊槍背後的臉，殘酷的笑了。

又是一聲輕巧的火焰，從槍管中一迸而出。

可是，這次卻差了一點，沒有準確擊中五號的腦門。

因為五號忍者的道行顯然比六號還要高上一等，他在最後一刻感受到了危機，靠著鍛鍊忍術產生的迅捷速度，避開了這一槍。

子彈錯過了五號忍者的後腦勺，飛向了五號背後的牆壁。

一躲開子彈，五號立即轉身，他在一根根的鐵窗縫隙中，看見了遠方的高樓上，那個拿著狙擊槍的黑衣男人。

只是，令五號感到奇怪的是，那個男人不但沒有露出失手的遺憾表情，還慢條斯理的收著狙擊槍。

「可惡！原來你就是殺手……」五號瞪著那個男人，張開嘴巴就要大喊，忽然，五號的動作停了。

他的動作像是被按住「暫停」的錄放影機，張著嘴巴，卻沒有發出任何聲音，接著，他喉嚨深處，從齒縫間忽然湧出了大量驚人的鮮血。

我中彈了？五號臨死前都還不懂，明明躲掉的子彈，是如何又從背後貫穿自己的咽喉？

「傻瓜！」阿努比斯嘴角微揚。「我的靈彈可不是一般的子彈，只要有牆壁，它就能無限反彈。」

五號的雙眼大睜，眼白密佈著淒厲的血絲，嘴巴裡頭湧出的大量鮮血，慢慢的減緩了……

生命的終點，就在眼前了。

「抱歉，我不會幫你收屍。」阿努比斯對五號忍者微一欠身。「因為，從表面看來，你屍體的彈痕是從背後的室內射的，換句話說，你的屍體，將會是一顆擾亂士氣的震撼彈。」

一切，正如阿努比斯所預料的。

一到四號忍者，正面容嚴肅的圍著五號的屍體。

五號的後頸有著一個細微的傷痕，這個傷痕雖小，卻貫穿了人體最重要的氣管和食道，一擊斃命。

「這子彈，是從五號後面發射的。」忍者二號的聲音低沉，他的身材在六個忍者中最為矮小，顯然不是靠力量取勝的忍者。

「而他的後面是房間的牆壁，換句話說，敵人是從我們房子中發動攻擊的……」四號是一個相當平凡的人，所謂的平凡就是毫無特徵，他身高中等，外表中等，聲音也沒有特色，如果不是此刻他說話，根本不會有人發現他的存在。

「所以殺五號的，是自己人？」三號長得孔武有力，說起話來更像是鐘鳴似的讓人耳朵陣陣發麻，幾乎可以判斷他是一個蠻攻型的忍者。

「嗯……」一號是首領，他的身高約在一百七十五公分，體型微瘦，但是每一寸肌肉卻都被鍛鍊的無懈可擊。

一號深思著。六號失蹤，五號在自家的屋子被暗殺，武器又是從屋子內部發出的……這是不是代表，這間屋子裡面，其實藏著兇手？

究竟誰是兇手？難道屋子裡面有甲賀的人？還是是阿努比斯佈的陣？

「情況可能兇險的超乎我們想像……我們身為忍者，身為世界第一的暗殺部隊，竟然接連兩個人被暗殺，我們卻一點頭緒都沒有，實在太可恥了。」一號說。

「那老大你的意思是？」

「我們要反守為攻。」一號冷冷的說。「如果那個兇手持續攻擊，就一定會露出破綻。」

「持續攻擊？老大你的意思是……」二號看著一號，微微詫異的問。

「誘餌。」一號的聲音中令人發寒。「我們用誘餌戰術，把這個混蛋給引出來，然後再全力撲殺他，看他究竟是何方神聖吧！」

當天晚上，阿努比斯選擇了第三個狙擊點，麥當勞的巨大招牌「M」上頭，這「M」字對人類狙擊手來說，是根本爬不上去的狹窄地帶，但是，對阿努比斯這樣等級的靈能力者，簡直就像是走樓梯一樣簡單。

阿努比斯把槍架好，眼睛瞇起。

不到五分鐘，目標物就已經從公寓中登場。

「這麼快？」阿努比斯並沒有馬上扣下板機，反而深思熟慮起來。

因為，以往他暗殺忍者軍團的經驗，敵人至少要半個小時，甚至一個小時，才會露出一次罕見而且瞬間消逝的破綻。

為什麼，這個忍者破綻如此多？而且這麼快就出現呢？

阿努比斯表情依舊深沉。手指頭輕輕敲著狙擊槍的內側，顯示他內心的猶豫。

如果是陷阱，這一槍，究竟開或不開呢？

忽然，阿努比斯嘴角露出了慣有的霸氣笑容。「哼，我可是從來不接受條件的，既然要動手，就不怕是陷阱。」

說完，阿努比斯再度將注意力放回公寓中，那個高瘦的身影，那位忍者是一號。

卡。

狙擊槍的槍管發出低沉而有力的聲音。

子彈，已經瞄準忍者一號的側臉，帶著完美的直線，無聲的在夜晚潛行著，眼看就要把一號的頭腦貫穿。

可是，就在這時候，一件讓阿努比斯徹底訝異的事情，就這樣發生了……

阿努比斯用靈力建構而成的子彈，透過獵槍發射時，是大範圍而且兇暴的，適合追擊會逃竄的野獸，像是小丑牌這種刁鑽的怪物。

另外，阿努比斯也曾經將手上的武器換成火箭砲，將大量的靈力壓縮成砲彈的形態，在撞向敵人之際猛然炸開，變成一個大範圍的摧毀武器。

但是，當阿努比斯把靈槍換成了「狙擊槍」，以沉穩和精準著稱的狙擊槍，往往是一擊必殺，因為狙擊槍換彈夾慢，槍體也沒有連發的裝置，如果一槍不能擊中對方，那狙擊者接下來要面對的，就是生死交關的敵人反撲。

此刻，阿努比斯狙擊槍的子彈，從麥當勞的招牌上射出，彈道在夜空中畫出一條唯美的銀色長線，長線之細彷彿一崩即斷，線的另外一頭，就是一號忍者沒有任何防備的右臉。

如果細線穿過了一號忍者的臉頰，不用懷疑，馬上就是破頭裂腦的災禍。

可是，真的會這麼順利嗎？

不。

當子彈接近了一號忍者的右臉，忽然，他轉過頭來，正視著子彈。

而且，讓阿努比斯詫異的是，這位一號忍者的眼睛。

竟然是凜然的白色。

「這是，靈彈？」在一號忍者『白眼忍術』視野中，他看到了與現實截然不同的世界。

在這世界中，固體的形態再也不是固體，人類也不再是人類的模樣，取而代之的，是一條又一條經緯交錯的靈線分布。

任何具有靈力的人或物體，都逃不過『白眼』的雷達網。

靈力越強的人或物，他們身上所分布的靈線會越密，密密麻麻纏住他們的身體，但是，只要靈線分布越稀疏的地方，就是這些靈能力者無法掩蓋的弱點。

白眼，就是這麼可怕的一項武器。

就算你是震撼天地的神魔，只要在白眼面前，都無可避免的暴露出自己的弱點。

當然，雖然白眼能看出敵人的弱點，是否真的能擊潰那弱點，又是另外一回事了。

畢竟，弱點是誰都有，但是有的神魔力量強橫，你的拳頭還沒靠近他的弱點，可能就被祂們驚天動地的靈力給蒸發成了微塵。

此刻，一號忍者轉頭，他露出戒慎的表情，因為在他的眼中，無數交錯縱橫的靈線中，出現了一顆行進快速而且尖銳的靈力濃縮體。

這靈力濃縮體，不用說，當然就是阿努比斯的靈彈了。

「靈彈？所以是阿努比斯？是阿努比斯親自來了？」一號腦海閃過無數的念頭，驚恐焦急，竟然是埃及古神親自執行這場暗殺計畫？

也難怪五號會死的不明不白，因為靈彈會無限追擊敵人，這是不能閃開的惡魔之爪。

但是，一號已經沒有時間震驚了。

生死，在一線之間。

「破！」一號忍者此刻終於展現他伊賀高手的真正實力。

在白眼精密的輔助下，他手一撈，顛妙非常的抓住了這顆靈彈。

「抓住了。」一號聲音中有著得意和鬆懈。

「抓住了？」可是，遠方的阿努比斯的嘴角卻在這時候，微微上揚。「那好戲就上場了。」

沒錯，一號雖然抓住了靈彈，他手心卻瞬間燃燒起來，強大而且具有腐蝕的靈力，反噬著他的手掌，阿努比斯的靈彈豈是這麼容易破解？

「四號！幫我！」一號發出狂吼。

就在一號發出怒吼的同時，房間的牆壁上，一個男人竟然浮現了出來……他是四號，他外表毫無特色，其實隱身和變化術，正是他最招牌的忍術。

但是四號看著一號的手掌，卻遲遲不敢動手，因為那熊熊的靈焰越燒越旺，已經沿著一號的手腕蔓延了過去，像是一頭貪婪的饕獸，要吃盡一號的手臂。阿努比斯的靈力何等可怕，竟然要化成一朵熾熱魔焰，將一號整個吞噬。

「動手！」一號痛苦的吼。「快點！」

「是！老大！」四號咬牙，右手往腰際一拔，短刃用力一揮，發出戰慄藍光。

藍光倏然消逝。

取而代之的，是一個燃燒的物體，飛起。

落在房間的另外一頭。

那物體掉落之後，還持續燃燒著，燒著……

而另外一邊，剛剛一號忍者的表情痛苦，滿臉大汗，抱著自己的右腕，用力的喘著氣。

因為，他的右腕，已經空了。

「好可怕的靈彈，好可怕的阿努比斯……」一號看著自己的右腕，像是想起什麼似的，猛然抬頭。「二號和三號呢？」

「他們去追狙擊者了！」

「糟糕！」一號驚呼，「他們怎麼可能是阿努比斯的對手！四號你留在這看守法咖啡，我去阻止他們！」

可是，一號忍者這聲擔憂來的太遲了，在麥當勞的頂樓陽台上，兩個忍者已經和阿努比斯碰上了頭。

「你是誰？」二號忍者和三號忍者，封住了阿努比斯所有能夠離開的去路。

此時的阿努比斯拿掉了招牌的胡狼面具，整張臉用一頂大黑帽蓋住，半倚在陽台邊的圍牆上，冷冷的凝視著包圍他的兩個忍者高手。

阿努比斯既不慌張也不狂妄，只是看著兩人，奇異的是，一股令空氣凝滯的霸者之氣，完全籠罩住了整個陽台。

「這傢伙不好對付。」二號用手擋住了三號，「讓我的忍術先來吧，我來……捕捉他！」

「喔？」阿努比斯聽到『捕捉』這兩個字，微微抬起頭，露出興趣盎然的表情。

「我的忍術，就是任何一個在光照下有影子的人，都不可能逃掉的終極陷阱。」二號冷笑兩聲，閉上眼睛，雙手抬高，大喝一聲。「忍術之，定影術！」

定影術？

阿努比斯眉頭一皺。

忽然，他看見了二號自己的影子，竟然在陽光下開始延長起來。

影子如一條游動的長蛇，穿過陽台上一格一格的磚瓦，以迅雷的速度直撲向阿努比斯。

阿努比斯不是省油的燈，他立刻意識到這影子背後所隱藏的危機，他低喝一聲，手上的狙擊槍瞬間變化，一把散彈槍握在他的手心。

「燃燒吧！地板！」阿努比斯手上的散彈槍往地板一掃，子彈如午後陣雨般，「筐瑯！筐瑯！」橫掃過二號影子狂衝而來的路徑。

地板的石磚承受不住阿努比斯狂暴的子彈之雨，變成粉屑不斷往上炸開，炸出一條殘破不堪的路徑。

紛飛的石磚，阻隔了影子的速度，它無法順利沿著地板游動，而被破碎的石磚給切成無數的影子。

「敵人難纏！」二號見狀，抬頭大喊。「三號，幫我！」

「收到！」三號的聲音，竟然從阿努比斯背後的高處傳來。

阿努比斯猛一抬頭，竟然看到肌肉壯碩的三號，他正在麥當勞陽台的水塔上，手上抓著一個至少二十公尺長的長方形招牌。

「接好了。」三號發出怒吼，雙手用力，把手上這個大招牌拋向了阿努比斯的頭頂。

「區區一個招牌，就想殺我？會不會太小覷我啦！」

「是嗎？」三號和二號同時冷笑。

這塊招牌從三號手上拋出，不偏不倚，擋住了陽光，宛如一塊黑色的牢籠，從上而下罩住了阿努比斯。

這剎那，阿努比斯忽然懂了。

這招牌不是用來攻擊的。

而是用來遮住陽光的。或者說，是用來製造影子的

這片影子，正是替二號的「定影術」所鋪好的殘酷舞台。

當這片招牌在阿努比斯的上方，完全吞噬陽光，此刻，阿努比斯忍住皺眉苦笑。

「這次，真的麻煩了！」

二號的影子和招牌的影子融成一片漆黑，將阿努比斯完全遮蓋，同時間，阿努比斯感覺到腳底傳來一陣麻痹感。

是的，阿努比斯被影子「捕捉」到了！

麻痹感不斷往上升起，沿著小腿、大腿、骨盆……一直到腹部，阿努比斯感覺到麻痹感過後，身體就再也不能動彈，他一咬牙，右手抓起了靈槍，比著眼前的二號。

「哼！什麼定影術？看我一槍轟掉你！」阿努比斯感覺到麻痹感越來越高，已經直達胸口……

「哼，你以為定影術，只能讓你動彈不得嗎？」二號冷笑，他做了一個奇怪的動作，就是把右手往上一抬，令人費解的是，阿努比斯的右手竟然也不能控制的往上一抬。

而他手上的靈槍，也再也無法瞄準二號，槍管轉了九十度，無奈的朝向了天空。

「定影術不但能讓你動彈不得，還能讓你完全照我的意思活動。」二號得意的笑著。「只要我做什麼動作，你就會跟著做相同的動作！」

砰！阿努比斯手上的靈槍，還是射出了子彈，這子彈又粗又大，衝出槍管之後，帶著淡淡白煙，以略微緩慢的速度升上了天空，然後在雲朵間消失了它的蹤影。

子彈消失了。

是不是也象徵著，阿努比斯最後的希望也隨之消失了？

「哼。」二號用力擦了一下額間的汗水。他必須承認，眼前這個男人真的是他遇過最可怕的敵人，要不是靠著神祕的定影術以及三號突施偷襲，要制服他恐怕不是那麼容易的一件事。

「我來殺了他！」三號狂妄的大笑，肌肉結實的身體用力一蹦，蹦到了動彈不得的阿努比斯身邊。「二號，你別讓他動，我只要一秒鐘就解決了！」

「動作小心點！」二號忍不住出聲提醒，因為眼前的敵人，實在太高深難測，讓他不自覺的擔憂起來。

「放心。」三號冷笑兩聲，從阿努比斯背後，用粗大的手臂勾住了他的脖子。

比起三號壯碩的手臂，阿努比斯的脖子，就像雞頸一樣纖細。

三號得意的說：「我這是專門的斷頸法，只要我一用力，這混小子的脖子馬上會像波卡一樣碎斷，小子，你有什麼遺言，快說吧！」

不過，令人意外的，是阿努比斯開口說了一個字，一個簡單的聲音……

「哈。」

「笑？你這時候還笑得出來？」三號和二號同時臉上變色。「真是不知道死活！」

「是嗎？」阿努比斯閉上了眼睛，「我正在想，你知道影子最怕什麼嗎？」

「咦？」二號一愣。

「是光，對吧？」阿努比斯微笑。「在強烈的光源底下，影子面積會大量減小，你的定影術就會失去了作用。」

「你……你在說什麼？」

「我在說啊。」阿努比斯忽然把頭抬高，看著此刻的天空。「你以為，剛剛我發射的那發子彈，是什麼子彈？」

「咦？」

「有一種子彈，它的名字叫做……照明彈！」

這句話才剛說完，剛剛被射到遙遠空中的子彈，再度落到了眾人的頭頂上。

古銅色的彈殼，在陽光下顯得耀眼，尤其是，當彈殼在一瞬間開始拆解成一片一片，而殼內強大而狂暴的光源也跟著湧了出來。

光，在此刻，徹徹底底的統治了所有人的視覺。

只剩下一片如同宇宙初生大霹靂般，將人連身體和記憶都一同併吞的白色強光。

影子，也在這一瞬間，毫無掙扎餘地的消逝了。

死亡，也在這一瞬間，毫不留情的來到了二號和三號的面前。

同一時間，為了逃離阿努比斯子彈的遺禍，而斬去自己右手的一號，也正往這裡逼近。

但是，他才剛剛從公寓中衝了出來，一抬頭，就看見了麥當勞頂樓所綻放的炙熱白光。

白光持續了足足三秒，才帶著讓人眼睛發痛的殘餘光影，緩慢消散而去……

而在這片光影褪去之後，高樓上只剩下一名黑衣的高瘦男子，正孤傲而瀟灑，獨自站立在頂樓之上。

剎那，一號的內心翻湧出陣陣傷痛。

這個人影，不是老夥伴二號與三號，而是阿努比斯……所以，二號和三號已經陣亡了嗎？

接著，阿努比斯彷彿猜到一號即將來臨似的，他轉過頭，對著一號的位置，淺淺一笑。

這一笑，不含半點輕蔑，反而是一種尊重。

尊重伊賀忍者的強悍和高明，是值得一戰的對手。

「可惡！」一號發出咆哮，雙眼翻白，正是伊賀祕密忍術的巔峰之座『白眼』。

一號悲痛萬分，這個阿努比斯殺了他四個夥伴，他一定要報仇，他要發動『白眼』看穿對方的弱點，讓阿努比斯知道，伊賀忍者不是那麼好惹的。

可是，正當一號發動了『白眼』，抬起頭，在麥當勞的頂樓搜尋阿努比斯的蹤跡之時，一件令他錯愕的事情發生了。

在他如雷達偵測系統的『白眼』之中，竟然找不到阿努比斯的蹤跡。

白眼，一片由靈線所構成的雷達世界中，看不到阿努比斯精純而巨大的靈力位置。

「怎麼回事？」一號冷汗從背脊不斷湧出，將他的背脊透出一個又一個的溼點。「阿努比斯，阿努比斯究竟到哪裡去了？究竟……」

「呵呵。」就在這時候，一號的背後響起一個低沉而充滿威嚴的聲音，「你的眼睛好特別，是忍術的一種嗎？」

聽到阿努比斯的聲音從背後傳來，一號大吃一驚，他猛然轉頭。

在一號背後等待他的，卻是一把已經上膛的槍管。

「阿努比斯……為什麼……你的身體的靈線分布這樣均勻，沒有任何的疏密之分？難道，你真正的弱點不在本體？你的靈魂究竟在哪？」一號驚恐的說。「你的靈魂本體不在身體裡面？」

「喔？好厲害的眼睛。」阿努比斯笑著，眉毛微微上彎，那是和剛才陽台上相同的笑容，是佩服與尊敬。「你眼睛能看穿每個人的靈力強弱？並且找出對方缺點嗎？」

「哼！我不用回答你！」白眼低喝一聲，他僅剩的一隻獨手往前一探，就要抓住阿努比斯的槍管。

他要奪槍，因為這是他最後的賭注了。

「抱歉。」阿努比斯的槍管卻快了一步，砰的一聲，子彈穿過一號的左肩，彈殼刨開了一號的肩骨，並將骨頭徹底擊碎。

不用懷疑，阿努比斯廢了一號僅存的左手。

失去了雙手的一號，疼得跪在地上，全身顫抖著。「殺了我……殺了我……」

「我不殺你。」阿努比斯搖頭。「因為你明知道自己打不贏我，還特地來救夥伴的精神，很令人佩服，為了這點，你就值得活下去。」

「殺了我……」一號低著頭，咬牙切齒的說，「別以為你放了我，我伊賀就不會報仇……」

「傻瓜。」阿努比斯蹲下身，像是小孩子一樣摸了摸一號的頭，並且在一號的耳邊輕輕的說：「你以為，我阿努比斯，會怕你們報仇嗎？傻瓜。」

「你……」

「我現在還有更重要的事！」阿努比斯起身，單手提著黑色狙擊槍，豪邁的往公寓裡面走去。「如果我沒料錯，公寓裡面，應該只剩下一隻蟾蜍、一個瘦皮猴女人……以及一個薔薇團的團長吧？」

「你……」

「法咖啡。」阿努比斯扶了扶自己的大黑帽。「久等了，我馬上就來了。」

看著阿努比斯離開。

一號跪在地上，先後失去雙手的疼痛，讓他不斷喘氣，無法起身。

忽然，他感覺到他背後來了一個影子。

這影子又矮又胖，全身都裹在一大件斗篷裡。

「阿努比斯……咦？不是，是你？」一號猛然回頭，他的瞳孔中，映著一個令他訝異的人物……

「嘻嘻，聽說白眼是最珍貴的忍術之一，要得到白眼，除了要有天分之外，更重要的，是這兩顆珍貴無比的眼珠子。」那人一邊說著，影子越來越靠近，已經完全籠罩了一號。「這兩顆眼珠子是寶貝，是嗎？」

「你……你怎麼會知道這件事？」一號怒道：「你想要幹什麼？」

「我？」那影子的臉靠向了一號，灼熱而惡臭的氣息，噴在一號的臉上。「我好羨慕你的白眼啊。」

「啊？」

「既然你廢了，不如……」那人笑了。「把它給我吧？」

一號還來不及做出反應，一隻食指快速的顫動了一下，竟然就掏下了一號的眼珠子。

「啊～～～～～～～～～～」一號發出淒厲的哭吼。

「惜惜，不痛不痛，現在就喊痛怎麼辦呢？」那人把玩著手上的『白眼』眼珠，得意的咧嘴笑了。「你可是還有一顆眼珠，要被我掏出來呢。」

「可惡！你為什麼知道？你這隻蟾蜍……」一號的左眼已經是一個窟窿，鮮血從窟窿中湧溢出來，滿臉鮮血，好不嚇人。

「我是蟾蜍，你還猜不出我的身分嗎？嘻嘻。」

「啊，你是……你是甲賀……」

「賓果。」三腳蟾蜍露出了他的真實面目，染血的手指頭，再度毫不客氣的伸向了，已經沒有任何抵抗力的一號。

然後，用力摳入了一號僅存的另一隻白眼。

「啊啊啊啊～～～！」一號臨死前發出了最後的大喊。

這淒厲而垂死的聲音，迴盪在北投夜空許久之後，慢慢的淡去了。

只留下如鬼魂般的回音。

「你死得好啊！寶貝。」三腳蟾蜍嘻嘻的笑了。「這樣的話，伊賀部眾就都會以為，是該死阿努比斯幹的好事，嘻嘻，阿努比斯啊，接下來你可是有的忙囉，整個伊賀忍者會傾全力要殺你啊～」

就在三腳蟾蜍心狠手辣的挖掉自己夥伴雙眼的此刻，天空中，悄悄的，一片淺藍色的花隨風飄了過來。

這片淺藍的花，在夕陽底下，顯得輕盈而可愛。

它是一朵風信子。

它穿過了半個台北城，終於帶來了薔薇團兵敗危險的消息。

一場新的戰鬥，也在這朵風信子到達之際，再度展開。

第九章《貓女的夢》

新竹，八陣圖內。

離開了賽特之後，貓女顯得異常沉默。

「喂，你還好嗎？」狼人T雙手插在口袋裡面，用手肘頂了頂身邊的貓女。

「嗯。」一向自信驕傲的貓女，此刻像是在想著什麼，沉默著。

「你在想賽特和妳說的話嗎？」

「嗯。」

「你是在想……該怎麼把聖甲蟲拿到阿努比斯手上嗎？」狼人T小聲的問。「還是想著，賽特最後和妳講的那些話？」

「嗯……」貓女點頭。「我在想，數千年前的我、賽特、阿努比斯還有……伊希斯，在當年賽特就像是我的哥哥，他雖然狂暴易怒，其實也是一個很傻的人，是不是人只要碰到了愛情，都會變傻變笨呢？」

「這個……我不知道……」狼人T歪著頭，不善言辭的他，只能報以傻笑。

貓女拿起手上的戒指，除了象徵職業的紅色戒指之外，貓女還多了一個銀色的對戒，上頭是一朵嬌媚純銀玫瑰花。

這是幾天前少年H交給她的，在當時，貓女執行引開織田信長的兇險任務，而少年H因為擔心她，所以在她手指上套了這枚對戒。

這是一對夫妻銀戒，少年H一只，而貓女也一只。據說，擁有夫妻對戒的人，具有遊戲賦予的特權，可以隨時呼喚對方來救援。

看著銀戒上的玫瑰花，貓女的大眼睛，透露著罕有的寂寞。

愛情，愛情究竟為何物？為什麼縱橫神魔人三界的賽特，也過不了情關？為什麼九尾狐會決定苦等蚩尤千年？為什麼……每次想到愛情，貓女自己的心頭，都是酸甜參半？

「唉。」貓女輕嘆了一口氣。向來乾脆開朗的她，面對愛情，也躊躇起來。

八陣圖外的帳篷內。

孔明的臉色沒有往常的鎮靜，反而皺起兩道秀眉，因為他一手打造出來「八陣圖」結界，此刻已經出現了裂痕。

因為神魔等級的賽特硬闖入該陣，打亂陣法中五行生生不息的規律，使得八陣圖出現了傾斜。

但是，令孔明擔心的，卻不只有此事而已。

因為，他感覺到整個地獄遊戲的不穩定。

越來越多的神、魔、妖、英雄湧入了地獄遊戲，這個古往今來最神祕的網路遊戲，終於出現無法承受的現象。

根據定律，當一件謎團達到了極限，往往就是真相曝光的時候。

地獄遊戲的謎團，隨著它逐漸逼近極限，也露出了一絲難得的真相曙光。

只是，孔明看著眼前的八陣圖，他感覺到一陣接著一陣心跳加速，彷彿……還有什麼大事要發生了？

還有誰？

除了賽特，還有誰跟著進了八陣圖？

而且，這個潛入八陣圖的人到底是何方神聖，竟然連身為八陣圖主人的孔明，都無法準確感應到？

這個人，是神？是魔？

還是……另外一個跟賽特能夠比肩的人物？

「將軍。」曹操把手中的『陣』棋子推向了棋盤的另一頭，和剛好卡死了孔明的『將』。

「啊？」孔明剛才閃神，竟然完全忘記眼前的棋局了。

「軍師啊。」曹操帶有兩撇小鬍子嘴角揚起。「棋局裡面，如果是死局，就是沒得救，這時候就只能選擇坦然面對，不是嗎？」

孔明一呆。

那句「只能坦然面對」，曹操丞相指的是何事？

以丞相名列黑榜紅心K的實力，恐怕也察覺了此刻帳篷外八陣圖的風起雲湧……

「是。」孔明雙手蓋住棋盤，輕輕嘆了一口氣。「丞相，受教了。」

「既然這樣，不如另起一局吧。」曹操一手掃清棋盤，淡淡的笑了。

「另起一局？」

「別忘了，我們不是真的以生命做賭注，來成就三國統一的大業。」曹操的臉上霸氣內斂，取而代之的是這幾千年來累積智慧，所呈現出來的溫柔。「我現在是在地獄，我們早就死了，既然死了還有什麼好怕的呢，不是嗎？」

「嗯。」孔明看著眼前的棋盤，若有似無的點了點頭。

孔明和曹操的感覺並沒有錯。

除了賽特，的確有另外的「力量」進入了遊戲之中。

而且因為這股力量實在太強，強到連八陣圖在祂面前都只能安靜不動，只能任憑祂自由穿梭八道異界之門。

「……」祂先是出現在英國倫敦的景門，看見地上躺著大喬小喬的屍體，經過數千年禁慾與苦修的祂，對美女毫無興趣，祂毫不猶豫跨過屍體。

可是，當祂又往前走了幾步，祂卻忽然停步，彷彿感覺到了什麼。

祂回頭，注視著大喬的屍體。

祂看見了大喬身上那細微的抓痕，那是輕盈貓爪爬搔過的痕跡。

接著，祂那有著三隻眼睛的臉上，忽然嘴巴咧開，笑了。

「找到妳了啊，背叛者。」

新竹，八陣圖。

此刻的少年H擊敗了僧將軍，一個人踩著直排輪，在新竹市區中滑行著。

此刻的他感到前所未有的心煩意亂，如此慌亂的感覺，是打從地獄列車事件開始之後，他從未體驗過的。

「究竟是什麼事？」少年H抬起頭，看著此刻新竹的夜空，吹起一陣又一陣清涼平和的微風。

微風的背後，究竟是一個什麼樣的危機，正在等待獵鬼小組的眾人呢？

***

少年H的危機感是準確的，因為就在這個時候，貓女和狼人T也同時察覺了異狀。

他們身處的世界，正在改變。

依循五行生生不息的八陣圖，竟然出現了逆行的現象，明明是大白天卻一片令人心悸的赤紅，天邊翻湧而來的烏雲，更昭告著一場驚天動地的大戰即將降臨！

「貓女，妳有感覺到不對勁嗎？」狼人T抽動著能偵測一切靈異生物的鼻子，慌張的四下張望。

令狼人T擔憂的，並不是嗅到了什麼怪物的氣味，而是空氣中的靈力氣味，實在太怪異了。

這並不是屬於低級鬼怪的惡臭，如殭尸或是腐靈。這氣味不但不臭，還帶著莊嚴和寧靜，環繞著整個新竹市區，像是一座古老但是苦刻的千年老廟，傳來著低吟般的暮鼓晨鐘。

這樣的靈力，在狼人T的記憶中，不但稀少，更是絕無僅有。

如果這真的是一個人所發出來的靈力，那這個人絕對是地獄聖佛等級的神級人物。

「有，我也感覺到了。」貓女抬頭往四方看去，聰明如她，也只能感覺到不對勁，卻又無法判定到底發生了什麼事。

好像有什麼東西要來了。

要來了。

貓女和狼人T兩人面面相覷，身處在人潮洶湧的新竹市區，卻感覺到如雪崩前的惶恐。

「狼人T，你看！」忽然，貓女抬起頭，伸手比向眼前的新竹火車站的高牆上。

「怎麼？」狼人T順著貓女的手指往前看，那高牆上，除了一只大時鐘，什麼都沒有啊⋯⋯

「時間！」貓女的指尖，在風起雲湧的新竹夜空，微微發抖著。

「時間，咦？時間正在減慢？」狼人T一愣，沒錯，那個時鐘的分針竟然在緩緩的減速，甚至連急速奔走的秒針，都像是被一股力量給壓住，越走越慢⋯⋯越走越慢⋯⋯

這股力量，連時間都能影響？

「這股力量正在影響時間……」貓女才一開口，忍不住摀住嘴巴，她講話也跟著變慢了？

這力量正在奪去時間的速度？神魔兩界之中，還有誰有這樣的力量？竟然連時間都可以侵犯？

「我們該怎麼辦……」狼人T講話越講越慢，而且不只他如此，在這片步調快速繁華新竹市區，竟然每個人的動作都變慢了。

像是看著一部慢動作電影似的，小販手上的熱狗慢慢舉起，遊客的水慢慢傾倒滴下，摔倒的人們不是直接墜落，只是緩緩的將臉靠向地面。

時間，可以說是從天上到地下所有神魔人都無法抵抗的元素，因為，就算是神也沒有權力逆轉時間，他們也許能抵抗時間帶來的衰老，卻無法阻止曾經發生過的事情。

因為，「時間」是不允許倒流的。

所以，當這股力量橫入了八陣圖，連帶的影響了時間的流動速度，貓女和狼人T才會震驚至此。

「這個門的守門員是誰？竟然強成這樣？」狼人T驚懼的說。

「這不是守門員的力量。」貓女此刻說話在發抖，用著狼人T從未聽過的恐懼腔調。

貓女怎麼會如此害怕？

「那是什麼？」狼人T詫異的說。

「是惡夢！」貓女雙手用力握拳，身體微微懺抖。

「惡夢？」

貓女深深吸了一口氣，從喉嚨透出沙啞的聲音。「一個叫做『濕婆』的惡夢。」

正當貓女說到了這裡，狼人T正想要詢問什麼，眼前的景象又再度轉變，立刻讓他閉起了嘴巴。

景象中，多了一個人。

一個人，帶著正常的速度，穿越緩慢停滯的人群，朝了他們走了過來。

這人走路並不快，只是，在一片超慢速電影中，他的正常速度就顯得異常突出了。

他穿著用金飾串成的衣服，皮膚黝黑，頭戴著一頂醒目的紅色大帽，大帽形狀就像是四射的火焰，是印度至高神祇的王冕「火焰冠」。

而且，這人身體結構也與一般人類不同，他共有四隻手，兩隻手在前，兩隻手在後，而且四隻手都帶著高雅的姿態，緩緩的舞動著，交織出一首無名的美麗舞蹈。

只是，四手舞蹈雖美，卻在風雲變色的此刻，刻畫著讓人畏懼的死亡圖像。

「找到妳了。」

溼婆的四隻手舞動著美豔迷人的節拍，來到了貓女面前，然後溼婆微笑起來。

這是寧靜安詳的笑容。

可是，貓女全身卻劇烈顫抖起來。

連遇上織田信長上萬大軍也不皺眉頭的貓女，只是見到濕婆，竟會怕到這種程度？

「是，濕婆。」貓女昂起身子，向來驕傲而自負的她，面對此刻如高山深淵的濕婆靈力，她無法掩飾的恐懼起來。

「聽說，妳敗了織田？」

「嗯。」貓女不可置否的點頭。

「妳可知道，織田是我濕婆手下，而妳貓女也接受了我的請託，來到了這裡……」濕婆依然微笑，依然祥和慈祥的笑容。「貓女啊，枉費我還特地派九尾狐把妳從極寒地獄給救出來。」

「嗯。」貓女咬住下唇。「我知道。」

「如果，妳知道了。」濕婆的手指頭在空中，捏出了一個美麗的結印，對貓女招了招手。

「那就自己走過來吧。」

「嗯。」貓女低下頭，輕搖晃著身體，無法控制的朝著濕婆走了過去，在這一片時間暫停的世界中，濕婆強大無比的靈力，以君臨天下的姿態壓制了貓女僅存的意識。

「貓女！別去！」忽然，貓女的背後響起了一個雄壯而粗豪的聲音。

這聲音的主人，正是一路和貓女攜手作戰的戰友，狼人T。

接著，只看到狼人T發出怒吼，揮舞著雙爪，朝著濕婆狂奔而去，在靠近濕婆的時候，狼人T更猛力一躍，惡狠狠的撲向了濕婆。

濕婆的嘴巴吐出一個字。

「蠢。」

同時，濕婆的右邊第二隻手竟然產生了變化，輕柔舞動的手指比出了一個孔雀的姿態，而且隨著孔雀的形態，手掌逐漸膨大，膨大……接著手臂上冒出了片片羽毛，羽毛密密麻麻的爬滿了濕婆的手臂。

而且，七彩繽紛的羽毛開始往四面八方張開，最後，竟然真的變成了一隻孔雀。

「孔雀？」狼人T獃住了。「你的手，變成了孔雀了欸！」

「狼人T，離開這裡，濕婆自視甚高，不會對你動手的。」貓女咬著牙。「你快走吧，濕婆的那隻手，是印度戰神孔雀王，你打不過他的！」

「我不走。」狼人T搖頭，面對眼前逐漸成形的孔雀王，他舞動著雙爪。「此刻雖然沒有月光，但是，我絕對不會走的。」

「為什麼？」

「因為，我答應過少年H。」

「答應過他？」貓女瞇起眼睛，想了半晌，突然提氣罵道。「少年H是騙你的，我曾經在列車上偷襲你們，曾經試圖暗殺你們，這樣的我根本不值得你冒死來保護，快滾吧！你這隻沒有月光就礙手礙腳的笨狗！」

「哈。」狼人T搖頭。「如果是半天前，妳這樣說，我可能就真的走了。很可惜，我現在依然不會走。」

「為……為什麼？」

「因為，經過這半天的戰鬥，雖然妳又任性又自以為是，動作又粗魯又不懂禮貌，但是我已經確定了……」狼人T笑了。「貓女，你是我的夥伴，貨真價實的夥伴。」

「夥伴？」貓女聽到這兩個字，莫名其妙的，忽然眼睛一熱。

「背棄夥伴離開，可不是我們狼族應該做的事情。」狼人T微笑，舉起爪子迎向眼前濕婆的孔雀王。「就算少了一條命，那又如何？」

「不，別往前衝！」貓女見狀，忽然大喊，「狼人T，別往前去！」

可是，貓女提醒的太慢，不，也許應該說，貓女無論再怎麼早出聲，都還是來不及阻止眼前即將發生的悲劇。

孔雀脫離濕婆的手臂，一雙亮麗的翅膀拍動兩下，緩緩飛起。飛到了狼人T的面前。

接著，所有人，包括狼人T，都只看到一片七彩迷濛的亮片閃爍而過。亮片飄然而過，帶來如小雨般碎亮的餘光，籠罩了狼人T所有的視線。

但是，晶亮的美麗，很快就被一片淒厲的血紅給淹沒，像是瀑布一樣的鮮血，蓋住了孔雀帶來的亮光。

此時，鮮血從狼人T的胸口噴湧而出。

狼人T連自己怎麼受傷都搞不清楚，就覺得眼前的血泉好美，亮片好美，美到自己的意識逐漸喪失，模糊起來……

但是，就在狼人T要帶著這樣的微笑，死在血泊中的時候，一隻手，拉住了頭髮，硬是把牠扯出了孔雀所建構而成的死亡結界之中。

「貓……貓女……」狼人T聲音模糊。「我是怎麼回事……」

「孔雀王是最美麗也最殘暴的戰士，牠會讓你連怎麼死的都不知道！」貓女拉著狼人T，轉身狂奔著。

在這片時間幾乎暫停的世界中，貓女的速度仍是她不可忽略的優勢。原本就比普通人快上百倍的她，在時間停滯的空間裡，依然不脫矯健，她扯著狼人T的頭髮，試圖逃離濕婆的力量範圍。

「時間，正是我用來捕捉妳的陷阱。」濕婆冷冷的說：「孔雀，給我追上去！」

那隻孔雀發出尖銳的啼聲，翅膀一振，像一道彩虹長箭，射向前方的貓女。

而且，由於孔雀王脫胎自濕婆，所以完全不受時間凝滯的影響，幾下振翅，就銜住了貓女的背影。

前方的貓女，絲綢般的黑色長髮飄盪在陽光之下，就像一隻美豔女精靈在城市的建築物間跳躍，擅長穿梭各種地勢的貓女，試圖藉由地形來維持和孔雀王的距離。

可是，貓女比誰都清楚，在時間凝滯的地域裡，自己被追上已經是遲早的事情了……

貓女喟然長歎，真正讓她擔心的並非背後這隻張牙舞爪的孔雀王，而是……濕婆只派出了其中一隻手而已啊！

換句話說，他還有三隻手，還有三個等級和孔雀王相似的怪物。

而且，濕婆的四隻手裡面若是有專司戰鬥的孔雀王，那肯定就有千變萬化的猿神哈奴曼、殘酷無情的羅剎王……還有，真正令貓女恐懼的，象王。

貓女越想越驚，腳下卻絲毫不停，在時間遲緩城市光影之河中遊走，只為了擺脫背後殺氣逼人的孔雀怪物。

因為，濕婆是古代印度眾神憤怒的象徵，祂絕對不會寬容任何敵人。

如果貓女被抓到，絕對是無法想像的酷刑和死法。

就在貓女陷入擔憂的思考之際，忽然，她聽到了背後傳來冷峭的風聲。

嘶嘶嘶……風聲由遠而近，瞬間就逼上貓女的背脊。

貓女沒有回頭，頭一低，一片如雪光的羽毛，登時從她頭上劃過。

「躲得好。」背後的孔雀王發出讚賞的大笑，此刻的他已經從孔雀的形態轉化成人體的模樣，身著羽毛密佈的彩色盔甲，頭戴三根粗長的孔雀尾巴，背後還長著一對二十公尺長的大翅膀。

這對大翅膀拍動一下，貓女就感到一陣窒息，而孔雀王就更近了一分。

貓女的速度，原本是足以傲視整個地獄的，偏偏在濕婆精心設計下，「時間」像是兩道腳鏈，鎖住了貓女迅如閃電的速度，讓她被孔雀王步步逼近。

「埃及的古神，怎麼會是我們印度古神的對手！哈哈！貓女啊，嚐嚐我們為你精心準備的大餐吧！」孔雀王飛在半空中，一隻手掌舉高，手掌上的各色羽毛像是漩渦般不斷聚集，最後，聚成了一把七彩流轉的長槍。

然後，孔雀王的手掌用力一握，握住了這把長槍，他手上的青筋一根根浮了出來，如河流似的蜿蜒流過整個手臂。

「這一槍」孔雀王一身華麗的盔甲，都呼應著他此刻提升到頂峰的靈力，變成眩目無比。

「會讓妳嚐嚐變成串烤小貓的滋味吧！」貓女背影依舊狂奔著。

只是，她的表情已經從原本的擔憂，變成了驚惶。

因為她知道，現今的這種狀況，她絕對，躲不過這一槍。

背後的槍不斷凝聚著孔雀王來自濕婆的靈氣，越來越粗大，越來越雄壯，後來甚至變成了一根遍佈鳥羽鱗片的巨大槍柱。

貓女沒有轉頭，槍傳來的殺氣，讓她背後的寒毛一根一根豎了起來。

貓女靈敏的直覺告訴她，此時孔雀王的長槍，已經漲裂到什麼程度，幾乎可以毀滅掉方圓數里內任何一個有影子的物體。

而她最得意的兩個武器，「速度」已經完全被封鎖了，剩下的，就是「巫術」了。

貓女眼睛一閉，嘴裡喃喃唸了幾個咒語，同時右手在胸口畫出了一個圓圈，圓圈中間浮出幾個銀亮色的符號。

有請，巫術！

巫術，是貓女賴以擊敗織田信長的祕密武器。只是，如今她面對的是遠比織田信長厲害千萬倍的濕婆，她的巫術還有勝算嗎？

同一時間，遠方的濕婆露出了一絲冷笑。

「巫術嗎？」濕婆也閉上了眼睛。「貓女，我一直把妳當成可敬的對手。所以，妳的巫術也在我的考慮之內啊！」

這話才剛剛說完，濕婆另外的手用力甩下，手心竟然被祂一甩而脫，手心在空中不斷急速翻轉，化成一道銳利的黑影，兩足兩腳跟著從黑影下冒了出來，嘴裡發出刺耳的尖嘯聲，追向眼前的孔雀王和貓女！

這刺耳的尖嘯聲，迴盪在高樓大廈之間，既悲且厲，讓人聞之心碎。

什麼動物，連叫聲都能讓人心碎？

什麼動物，牠的悲啼會讓人柔腸寸斷？

「猴哭？」狼人T轉頭驚醒，「怎麼會有猴子在哭？」

「不是猴子。」貓女咬住了下唇。「那不是猴子！」

「不是猴子，那是什麼？」狼人T困惑的說。

「是哈奴曼，是猿神哈奴曼，」貓女的聲音，顯得驚疑不定。「如果真要介紹牠，那就是古印度時代的孫悟空了！」

猿神哈奴曼，在古老印度傳說中，是一名具有千變萬化能力的古老魔猴，曾經在印度眾多神魔戰役中扮演極重要的角色，牠狡猾聰明，又忠誠活潑，但性格裡頭更隱藏了「自負」這樣的致命缺點。更有人說，西遊記的作者吳承恩筆下的孫悟空，是受到這隻魔猿哈奴曼的影響。

無論如何，哈奴曼的威名遠播，是不用懷疑的。

如今，濕婆派出了四手中的「孔雀王」和「猿神哈奴曼」，可見祂對貓女如何重視。

貓女也知道，這一次要逃出生天，將會是如何困難的一件事了！

就在貓女擔憂之際，猿神哈奴曼已經到了，牠的前進速度和孔雀王有些不同，孔雀王一振翅就是數公里的距離，而哈奴曼則以翻滾的方式，在空中一個滴溜的滾動，就靠近了貓女幾分。

「要阻止他們，只剩下巫術了！」貓女一咬牙，將所有的靈力灌注到胸口畫好的巫術圖形之中。

這巫術圖形瞬間脹大，在空中扭曲，變成了一道寫滿符咒，透明而緊閉的雙門。

而孔雀王手上的七彩長槍，巨大到可以和千年紅檜相比擬，也在同一時間宣告完成。

而哈奴曼滾到了孔雀王的身邊，牠一拉耳朵後面一撮猴毛，放在掌心上，賊賊的笑了。

「嘻嘻，猜猜我的猴毛，會變成什麼東西？貓女妳的命雖然多，我的子孫只會比妳更多而已！」

就在這個時候，貓女、孔雀王、哈奴曼都同時停止前進，三個人如同三座巨塔般，聳立在城市高樓的三個尖角。

漫長的追逐戰終於到了終點，貓女，這一位從地獄列車事件開始，除了少年H以外，從未嚐到敗績的暗殺女王，終於面臨了她漫長歲月以來最大的危機。

而另外一邊，濕婆，這位地獄事件的背後主謀，也是黑榜上尊貴的紅心A，將祂力量分出兩隻手，幻化成猿神哈奴曼和孔雀王，以絕對優勢的力量，包圍了貓女。

一場壓倒性的戰鬥，一場非死即傷的激戰，即將要上場了。

緩緩的，貓女放下了抱在腰際的狼人T。

抬頭挺胸的，面對扛著巨大長槍的孔雀王，以及正要吹手中猴毛的哈奴曼。

「剛到地獄的時候，地獄之門曾經問過我一個夙願，我答不出來。」貓女的眼神雖然朝向敵人的方向，事實上，一對精燦的眼珠卻彷彿在凝視更遙遠而深邃的天空盡頭。「如今，我好像懂了，我的願望是什麼？」

「喔？」哈奴曼和孔雀王互看了一眼。

「我的願望，」貓女笑了起來，那是一個複雜而悲傷的笑容，她用手摸著自己左手無名指所戴上的銀色戒指，這是和少年H所定下的『公婆對戒』，「就是在我生命中最後的一個時刻，那個喜歡的人能陪在我的身邊，讓我不再孤單。」

「哼哈。」孔雀王冷笑。

「不過，很顯然的，我永遠無法符合地獄遊戲的期望了。」貓女苦笑，纖手一揮，空中的門呼應貓女的靈力，發出燦爛的藍光，在透明門上的咒語，有如流水般洶湧的流轉著。「至少，此時此刻，你在我心裡。」

說完，貓女的手往前一擺，而孔雀王的長槍，也剛好從手上給射了出來。

這一把巨大的長槍，一開始，只是如戰艦般緩緩的移動，可是隨著移動的距離拉長，它的速度卻越來越快……越來越快……

到後來，竟然以肉眼無法分辨的速度，變成一條七彩流轉的直線，畫過天際，朝貓女射去。

這樣強大靈力的集合體，具有毀滅半個新竹市的力量，早已遠超過地獄列車時候的群妖作亂。

可是，貓女的臉上，沒有徬徨，沒有驚慌失措，她抬起頭，緊緊抿住的嘴巴，象徵著絕對不放棄的意志。

「巫術。」貓女嘴裡慢慢的唸著，「就是一種溝通人界與靈界的門。」

接著，貓女的聲音忽然拉高，在即將靠近的長槍勁風面前，她黑髮狂舞，聲音高亢。

「所以，貓的極致表現，打開你的門扉吧！巫術的終極奧義！」貓女發出聲嘶力竭的狂吼，「吞噬一切的…………多拉A夢的任意門！」

這一剎那，彩色長槍剛好衝到了貓女的面前，而貓女面前那只巨大的透明之門，剛好嘎嘎兩聲，打開！

打開了。

這個名字有點怪的巫術終極奧義。

迎向了帶有毀天滅地威力的孔雀王長槍！

可是，就在這一刻，卻聽到了另外的一個聲音，那是哈奴曼的尖銳猴啼。

「孔雀王，收回你的槍！那個門，會吞噬一切啊！」

「啊？」孔雀王的錯愕來得太遲，因為，貓女的巫術之門已經完全打開了，剛好接住了孔雀王這隻巨槍。

這兩道張開的門扉，就像是一個巨大的嘴巴，迎向猛烈的長槍，一寸一寸的將槍身給吞了進去。

孔雀王的長槍蘊含來自溼婆無匹的靈力，多拉A夢的任意門雖然可以吞進一切物體，卻也頗為吃力，只能慢慢將其吸入。

從貓女滿臉大汗的表情看來，這任務絕對不輕鬆。

另一頭，孔雀王的表情更是凝重，終於，他的表情由黃轉白，再由白轉紅，張開嘴大喊。

「哈奴曼！」

「嘻嘻，孔雀王，你在叫我嗎？」

「當然，你媽的看我這樣，還不出手？」

「嘻嘻，就等你求我哩。」哈奴曼發出唧唧的猴笑聲，將手心上的一撮猴毛放到嘴邊，然後使勁用力一吹。

這一吹，飽含了哈奴曼千變萬化的靈力，碰到掌心的猴毛，立刻起了驚人的變化……每一根猴毛，都開始長大，伸出了手腳，冒出了圓滾滾的猴頭，變成了毛茸茸身體，最後，就這樣變成了小一號哈奴曼！

小哈奴曼越來越多，不斷從正牌哈奴曼的手心裡頭跳出來，像是一條金色的猴子河流，源源不絕的湧向貓女。

偏偏此刻貓女一身的靈力，都化成無底的任意門，和孔雀王的長槍以生命對耗，實在沒有餘力和這一群成千上萬的小哈奴曼再戰鬥了。

貓女一雙大眼睛，只能眼睜睜的看著，小哈奴曼爬上了自己的雙腳，像是蠶寶寶看到桑葉似的，就要把自己身體給蠶食鯨吞掉！

可是，奇怪的是，就在這個驚險的時刻，貓女，原本的恐懼之色卻盡數退去。

取而代之的，卻是極為罕見的落寞，她輕輕嘆了一口氣，看著第一隻小哈奴曼爬上了自己的膝蓋，第二隻哈奴曼爬向腳踝，然後貓女的一隻腳，就這樣慢慢的失去了知覺……

「H小子……」貓女歪著頭，眼神盡是撫媚的迷濛，以及深不可測的遺憾。「就算我有九條命，也難過這一關了。所以，我在地獄遊戲之門前許下的願望，恐怕真的是不能實現了，而你，你這笨蛋，我們竟然連最後一面都見不到了。」

貓女長長嘆了一口氣。

她已經盡力了。

是的，面對淫婆四隻手中其中的兩隻，孔雀王和哈奴曼，貓女抵住了孔雀王的長槍，已經交出了一張漂亮的成績單，更何況，淫婆還運用了「時間緩慢」的陷阱。

貓女，當真是厲害。只是，眼前這個叫做淫婆的大神，實在強過了頭。

「貓女。」遠在後方的淫婆，嘴裡輕輕的自言自語。「妳能把我逼到這個地步，無愧於黑榜首席暗殺女王，妳安息吧。」

「如果可以，讓我再見你一次。」貓女感覺到了小哈奴曼爬上了自己的腰際，雙臂，甚至是脖子，每被爬過一個地方，貓女就感覺到那部位的感覺消失了，像是被奪去了身體的使用權似的。「如果可以，讓我再見你一次，最後一次慢舞……最後一次……」

可是，貓女的願望卻沒有實現。

她整個身體，都被密密麻麻的小哈奴曼吞噬，像是一團不斷蠕動的毛茸茸大球，大球上爬滿了不斷唧唧亂叫亂爬的小猴子。

貓女，就在這猴子大球之中，慢慢等待著她的靈力被消耗殆盡，就算九條命，也只是九次輪迴的死亡痛苦而已。

「結束了。」前方，哈奴曼微笑。牠伸手抹了自己額頭上的汗珠。貓女畢竟也是一方之神，巨大的靈力體集合，要吞噬這樣等級的高手，也著實耗去了哈奴曼不少的力氣。「死孔雀，我們贏啦。」

「哼。」孔雀王哼了一聲。「這頭笨貓，竟然吞了我的槍，如果我的槍還在，根本不用等她靈力被吃乾淨，一下子就解決啦。」

「嘻嘻，你也不要這樣說，這貓女的底子真的還蠻硬的，不然溼婆老大也不會機關算盡來對付她。」哈奴曼搖了搖頭。「你可別小看了她。」

「什麼小看，其實只是一頭在埃及活了幾千歲的老貓罷了。」孔雀王冷冷的看著眼前的那顆「猴球」，上頭不斷鑽動的小猴子，讓人不由自主的心驚。

「嘻嘻。」哈奴曼不再爭辯，牠知道孔雀王是溼婆的第一個孩子，擁有戰神尊格的孔雀王，雖然武力傲視整個印度神界，卻往往因為太過魯莽而壞事，溼婆底下真正深藏不露的高手，反而是「象王」，象頭人身的象王雖然武力不及孔雀王，卻是智慧通天，可敬可佩的對手。

另外，這位貓女也是一個可怕的角色，埃及古神中，聽說以伊希斯為尊，其次是邪惡暴力的賽特，然後是貓女貝斯特和冥河之神阿努比斯，連排行在後的貓女都這麼難纏，伊希斯恐怕真有和淫婆一戰的實力啊！

想到這裡，哈奴曼抬起頭，注視著那顆猴球，猴球懸在城市高樓的半空中，小猴子爬進爬出，不斷吸蝕貓女龐大無比的靈力。

「咦？」

忽然，哈奴曼露出微微詫異的表情。

因為牠發現，這顆猴球似乎有些不對勁。

猴球的深處，從剛才開始，就閃爍著一點點非常細微的銀光。

銀光非常細弱，弱到幾乎無法用肉眼辨識，哈奴曼往前一跳，跳到了猴球所在的高樓樓頂，想看清楚這道微弱的銀光來源。

原來，這道銀光來自於貓女的左手無名指。

一個銀色玫瑰的戒指，正在發光。

淺淺的，微弱的，像是呼吸似的，象徵著堅定愛情的玫瑰戒指，正發出燦燦的銀光。

「這是啥？」哈奴曼搔了搔頭，「這銀光剛才就有嗎……還是？」

哈奴曼把臉靠近了那枚戒指，猿類與生俱來的好奇心，讓他忍不住想伸手去碰觸戒指。

可是，正當哈奴曼毛茸茸的手指頭，要碰上戒指的時候……

嘶嘶……嘶嘶……

他聽到了很怪異的聲音。

這是什麼聲音？哈奴曼困惑的抬起頭，看了貓女身處的猴球一眼。眼前千百隻猴子所圍困的暗殺女王，依然動彈不得。

嘶……嘶嘶嘶……嘶嘶……

聲音依然不停。哈奴曼那雙靈敏的猴耳，動了幾下，牠肯定自己確實聽到了一個聲音。

「幹嘛啊？是誰嘶嘶亂叫？」哈奴曼用手指戳了戳貓女的戒指，「你以為你在拍廣告啊？嘶嘶有兩種？」

嘶嘶……

聲音依然，而且，哈奴曼確定了一件事，聲音本身，竟然逐漸接近了。

「咦？」哈奴曼抬起頭，和另一邊的孔雀王交換了一個疑惑的眼神。

而就在這個時候，哈奴曼看見了孔雀王的眼神深處，竟然透露出無比驚異，看著哈奴曼這個方向。

「怎麼？」哈奴曼全身發冷，愣愣的說。

「你……」孔雀王的眼神焦點，從哈奴曼身上，移到了哈奴曼的背後。「你的後面……」

「後面？」哈奴曼先是吃了一驚，然後，慢慢回頭。

他的後面，是一張微笑的臉。

這臉是屬於一個非常年輕的男孩，他穿著白色的T恤，腳底踩著一對直排輪鞋，而他的左手無名指上，竟然閃爍著和貓女手上戒指相同的閃光。

原來，這戒指竟然有兩只，一模一樣的對戒。

而且，眼前這個少年的右手舉起，一個比飛盤大上數倍的太極圖騰，在他的手心浮著。

「你是誰？你為什麼會出現在這？」哈奴曼依然搞不清楚狀況。「為什麼我完全察覺不到你的出現？」

「我會來這裡，完全是因為地獄遊戲中，有一個特殊的功能，只要戴著對戒，只要對方遇到了危險，無論多遠都可以瞬間趕到對方身邊……」這少年一邊說著，手上的太極圖一邊急速旋轉起來，越轉越快，越轉越快……黑白兩色交錯到人類肉眼無法分辨，像是一輪無堅不摧的銳利飛輪。

「所以你是來救貓女……」哈奴曼忽然發覺，這少年手上高速旋轉的太極輪，是相當危險的東西！

這奇怪的輪子，黑白雙色，是如此精粹的靈力集合體，如果加上急速旋轉，恐怕會是一把能軋斷所有敵人的武器。

「是的，我是來救貓女的！」少年H笑容瞬間收斂，而他手上的太極圖，也在這一剎那，脫離了他的手心。

這太極輪在空中微微一頓。

就像在空氣中消失了。

不，不是消失了。

而是以超越人類能夠理解的速度，移動了。

太極輪的目標，當然就是眼前這個困住貓女的敵人，哈奴曼。

「包圍貓女的小猴子，分成一半，回來保護我！」哈奴曼也不是省油的燈，在他失去太極輪的蹤跡的時候，立刻發出狂吼，試圖把他靈力部份回收，想要防禦這奇怪少年的不知名武器。

因為他知道，雖然他眼睛看不到太極輪，但是繃緊在空氣中的靈力分子，仍昭告著一個驚心動魄的事實……

太極輪，正在他的周圍高速旋轉著，而且隨時可能出現，把敵人給切成兩半！

少年的表情凝視著哈奴曼，透露出絕對不屈的殺意……

「別以為你這招對我有用！」哈奴曼冷笑了兩聲，然後猴手舉高，對著圍繞著他的小猴子們，下達了一道命令。「小子們聽命，給我盡情的跳！太極輪一定在附近，把它給我撞出來！」

這個命令一下達，小哈奴曼們便像是不斷自由碰撞的小球，繞著哈奴曼來回旋轉跳躍，範圍直達附近十公尺遠。

哈奴曼果然聰明，這太極輪不可能消失，只是隱形而已，所以在這群跳躍小猴子所組成的密集網絡中，很難不被撞出原形。

可是，奇怪的事情發生了，哈奴曼打的如意算盤，卻沒有得逞。

無論這些成千上萬密密麻麻的小猴子，如何在哈奴曼的周圍打轉、搜尋、狂奔、跳躍，甚至是甩動尾巴亂舞……都無法碰到這個隱形的太極輪！

難道，太極輪不在這？

那，它在哪裡？

「它究竟在哪裡？」哈奴曼睜著一雙猴眼，瞪著眼前的少年，嘴巴因為驚嚇而張大！

「哈，你覺得呢？」少年微笑了。

同時，哈奴曼發現少年的眼睛眨了兩下，斜斜的往哈奴曼後方飄去。

後方？

後方有誰？

哈奴曼如此聰明，電光火石迸裂的瞬間，牠明白這少年的真正動機，牠回頭，猛力大吼！

「孔雀小子，小心！」哈奴曼轉頭大吼，可是話只說出了一半，因為牠眼前的景色，讓牠張大了猴嘴，再也說不出話來了！

太極輪的確是現身了。

就在孔雀王的背上，如同一架潛行的直升機，帶著高速的旋轉，無聲卻戰慄的停在孔雀王背後的翅膀上。

「什麼？」孔雀王錯愕的看著哈奴曼。

「逃！」哈奴曼的猴嘴大張，驚恐的猴嘴暴出獠牙。「快逃！」

「逃？」

可惜，孔雀王還是遲了一步。

他才剛剛聽懂哈奴曼說話的意思，他的背後，瞬間就傳來尖銳撕裂的劇痛。

太極輪，動了。

七彩的羽毛像是被絞入了除草機，不斷往四周噴射，孔雀王一雙眼睛圓睜而泛紅，任憑太極輪在他背後肆虐，奪走了他最引以為傲的雙翅。

「嘎～～～！」孔雀王發出撕心裂肺的慘嚎，同時失去雙翅的他，更失去了空戰的能力，如同被飛機渦輪絞入的飛鳥，直直的往下墜落！

「這是回敬你欺負我家的狼人T。」少年H對孔雀王比出中指。

「你這混蛋！你究竟是誰？」哈奴曼狂吼，「所有的小猴，全部給我上，殺了他！」

「我是誰？」少年臉上依然笑著，他看見哈奴曼的震怒，引發所有的小猴子，連原本攻擊貓女的猴子都撤開，在空中形成一道金棕色河流，滾滾朝向自己奔來。「我是……少年H啊！」

「少年H！」哈奴曼他身軀一震，他想起來了，溼婆曾經提醒過他，地獄政府那邊有一個難纏的人物。

同時，少年H一手探入了貓女所在的猴球，震開數量只剩下一半的小猴子，把貓女給拉了出來。

貓女衰弱的眼睛，虛弱到無法睜開。

只能伸出纖細的貓掌，輕輕撫摸著少年H的臉。

「是你嗎？H小子？」

「嗯，久等了，貓女。」少年H輕輕的說。

「沒有很久，」貓女搖頭，微閉的眼睛中，滲出兩行晶瑩的淚水。「只是，你剛剛偷襲孔雀王的時候，忘記說了一句話。」

「咦？哪一句話？」

貓女輕輕摸著少年H的臉龐，貓女憔悴的面容上，露出一絲調皮笑意。「你忘記說，『喜歡我的偷襲嗎？帥哥。』」

「哈哈哈。」少年H大笑。「對啊，貓女妳還能開玩笑，我就放心啦。」

這時，前方的哈奴曼打斷了貓女和少年H的對話，「少年H，哼，不過是一個得道成仙的人類，怎麼和我們稱霸遠古的神明相比？」

哈奴曼說完，對著剛才摔下的孔雀王大吼。「是不是啊？孔雀！」

「沒錯！」地面上立刻傳來高亢而且憤怒的回答，正是剛剛被少年H割去雙翅的孔雀戰將。他雖然失去了飛行能力，卻依然保有一定程度的攻擊能力。「你這個混蛋！我的長槍，依然可以在遠距離把你貫穿，釘成一隻少年H章魚燒！」

「是嗎？」少年H到了此刻，依然不改他悠閒的態度，負著雙手，在頂樓的地方踱步著。

「以一敵二，你有比貓女強嗎？」哈奴曼也在一旁搭腔，「連貓女都慘敗，你有幾分勝算？」

「以一敵二，我沒有勝算。」少年H搖頭。「我也沒有貓女強。」

「哈哈，你知道就好。」

「不過。」少年H臉上又掛起了深不可測的微笑。「我可不是以一敵二，我們是以二敵二。」

「以二敵二？」孔雀王和哈奴曼同時笑了出來。「你這個傻蛋，你以為貓女還能戰鬥嗎？她先是硬吞下孔雀王的長槍，又被千萬隻小猴子吸乾了靈力，妳叫她上場，還不如去路邊叫一隻狗來打架算了！」

「呵呵，我說二對二，可沒說過是要讓貓女上場啊。」少年H說：「你們好像忘記了，我們這邊，從一開始就是三個人啊。」

「咦？三個人？」

「對。」少年H笑了起來，「而且孔雀王老兄，你雖然不頂聰明但是預言能力倒是不賴，我們第三個夥伴，剛好就和犬類有些關係，論血緣他可是犬類的老祖宗！」

「犬類老祖宗？」

「因為，他是，狼。」少年H伸出手指頭，比著孔雀王的背後。「一頭只要在月光下生氣起來，就沒有人能打得過的超級惡狼！」

「狼……惡狼？」孔雀王還沒有意會過來，他的背後，竟然慢慢升起了一個影子。影子越來越高大，如同一座黑夜巨塔慢慢籠罩住了孔雀王的身體。

「哈哈，終於讓我等到黑夜，終於讓我等到月亮了。」那影子開口了，聲音低沉的可怕。

「而且，貼心的H兄弟，還幫我割掉了你的翅膀！這樣，我們就是平起平坐了啊！」

「你！」孔雀王回頭，看著這個比剛才還要高大足足一倍的長毛怪物，怪物的嘴裡是令所有鳥類驚懼的長白獠牙。「你是剛才被我重傷的狼人T？」

「賓果。」狼人T咧開滿佈銳利獠牙的大嘴，笑開了。「你猜猜看，沒有翅膀的孔雀，和有月光的狼人，到底誰比較厲害？」

「等等……」孔雀王向來擅長在空中以遠距離攻擊，哪裡遇過這麼兇險的肉搏戰。

「這時候，我就要借小H和小貓的台詞了。」狼人T貪婪的笑了，兩排狼牙在月光下顯得如此駭人。「喜歡我的偷襲嗎?帥哥。」

說完,狼人T就猛力往前一撲,撲向孔雀王,滿天紛飛的羽毛,證明戰局如此激烈!

哈奴曼正想衝下去幫忙,卻因為背後傳來的聲音,而肅然止步。

嘶嘶……嘶嘶……這怪異的聲音又來了,正是高速輪盤鋸著空氣的麻慄音波。

高速輪盤?又是,太極輪!

他慢慢的轉過身,瞪著他眼前的對手,一個能夠在瞬間將孔雀王擊落的好手,無論是能力和機智,都不容小覷。

少年H。

他甚至被溼婆視為最大的阻礙之一。

「現在,就剩下我們兩個啦。」少年H雙手各托住一個急速旋轉的太極輪,發出嘶嘶裂開空氣的聲音。

「是啊。」哈奴曼操縱著千萬隻小猴子,小猴子浮在空中,和少年H對峙著。「現在,就剩下我們兩個了!」

現在,就剩下我們兩個了。

少年H看了躺在一旁的貓女,淺淺的笑了。「放心吧,我會替妳報仇的。」

可是,此刻,所有人都不知道,在更遙遠的後方,哈奴曼和孔雀王的本體濕婆,嘴角正露出一絲冷笑。

「少年H嗎？沒想到，這次我的收穫這麼豐富啊。」

戰局，如同繃緊的弦。

一觸，即發。

就在新竹戰局繃緊之際，北方的戰鬥已進入了最後白熱化的階段。

遊俠團猛攻薔薇團在南陽街的基地，僅存的一名大將「豔紅玫瑰」，她操縱著能夠擾人心智的罌粟花，究竟能阻擋如怒濤狂浪般的遊俠團多久時間？

是一分鐘，十分鐘，抑或她也是另外一個深藏不露的高手？

遊俠團豁盡全力，要在最短時間吞噬薔薇團，他們能夠如願嗎？

而薔薇團尚未出手的荊棘玫瑰和團長野玫瑰，他們又擁有什麼樣難纏的能力呢？

另外一頭，夜王潛入了北投公寓，試圖救出法咖啡，又會遇到什麼樣兇險的難題呢？三腳蟾蜍和白骨精會這麼容易就束手就擒嗎？

新竹城中，少年H不顧一切前去搭救貓女，正面撼上了敵方的首席大神淫婆，又會遭到什麼樣驚人的反擊呢？

外篇《到來》

正當地獄遊戲裡頭，群雄混戰割據，現實世界中台灣的中正機場，出現了十名身形剽悍的大漢。

雖然說這十人是同時出現的，但若是我們仔細觀察，會發現他們的服飾分成兩種，一種是純黑色的西裝，共有四個人，另一邊則是穿著白色西裝的人們，共有六個人。

黑色西裝集團中的頭目，是一個頭髮半黑半白，面容斯文高貴的男人。

這男人戴著墨鏡，嘴角留著短鬍，舉手投足間，都充滿著不可思議的迷人力量。

他背後共有三個男人特別引人注意，一個是身材壯碩到幾乎要把西裝撐破的肌肉男，一個是個頭精悍短小的光頭佬，還有一個頭髮亂到像是觸電過的落魄男人。

這時，黑色西裝的頭目，把護照放在海關小姐的面前。

然後，海關小姐露出困惑的表情。

「德……德古拉先生？」海關小姐艱難的辨識護照上的古老英文。「您的職業是……伯爵？」

「是。」這男人微笑。完全沒有吸血鬼之祖的絕對霸氣。

「伯爵先生您好，請問您來台灣的目的是？」

「我來找從事學術研究。」德古拉說。

「學術研究？哪一方面的學術研究？」海關小姐露出抱歉的笑容。「由於您的身分特殊，請原諒我們必須多問兩句。」

「呵呵，沒關係。」德古拉很溫和的說：「我的研究題目是，台灣社會中隱藏的夜族以及文化演進。」

「夜族？」海關小姐疑惑了一下。「是指夜貓子？」

德古拉微笑。「差不多那個意思。」

「那，」海關小姐非懂似懂得說：「最後想請你摘下墨鏡，海關要看您的全貌，這是規定。」

「我摘下墨鏡？」德古拉還保持紳士的微笑。「你確定？後果要自己負責喔。」

「什麼後果？」海關小姐眉頭微皺。「當然要摘下墨鏡啊！」

「那好。」德古拉嘴角升起調皮的微笑。然後頭一低，輕輕摘下了他的墨鏡。

剎那，海關小姐看見了德古拉的眼睛。

那小小的瞳孔裡，隱藏著無窮深邃的力量，宛如一座深夜無光的海洋，巨大，兇險，波濤洶湧，而這份深沉之中，竟然還有無數未知的生物在緩緩蠢動。

海關小姐張開了嘴巴，全身寒毛倒豎，再也無法動彈了。

「早跟妳說過了吧。」德古拉又戴上了墨鏡，緩步走過海關。「別說妳一個平凡人，就連一百歲的吸血鬼，都不一定承受得住我的眼睛了。」

跟在德古拉後面的，是那名光頭精悍的矮小男子，他也自己取了印章，蓋上。

印章痕跡的下方，蓋的是這光頭佬的名字，寫著「飛行武僧」。

然後是那滿頭亂髮的男子，他印章下方的名字是「貝多芬」。

最後，則是那個雄壯高大的男子，印章下方的名字只有兩個字：「混血」。

不過，混血蓋完印章之後，卻沒有立刻離開，他看著海關小姐，舔了舔自己粗大的嘴唇，猛然嚥下了一口口水。

「混血！」貝多芬回過頭來。「別貪吃了，伯爵有命令，你再像過英國海關那樣貪吃，就拔斷你的手腳二十次，讓你品嚐二十次手腳被拔斷，又長回來的痛苦。」

「哼。」混血一聽到伯爵的名字，像是老鼠聽到了貓叫，身體微微一縮，急忙通過海關。

等到黑色西裝的男人們全數通過了海關，剛好輪到了白色西裝的男子們。

穿著白色西裝的人們，氣質剛好和黑色西裝形成強烈的對比。

黑色西裝的吸血鬼族，陰沉高貴，卻帶有鮮血味道的暴力，而白色西裝的吸血鬼族則剛好相反，是沐浴在陽光下高雅活潑的氣質。

為首的那男人，一頭燦爛的金髮，約莫五十歲年紀，嘴角留著帥氣的金色鬍子。

他看到全身僵硬的海關小姐，搖了搖頭，對他的隊員們比了一個「先請」的手勢。

「傑森、荊軻、小飛俠、座敷童，還有鍾馗，你們先過去吧，我最後走。」金髮男子聳了聳肩，露出無可奈何的微笑。「德古拉眼睛中的力量太強，看來一定要我亞瑟王，親自來解開了。」

當海關小姐清醒的時候。

她發現所有的乘客都已經通關，而她的桌上卻多了一顆透明的石頭。

她一愣，把石頭拿起，映著海關大樓的燈光，石頭上魚鱗般的紋路，發出華美柔和的光芒。

就算海關小姐對石頭沒有研究，也知道這絕對是一顆價值連城的鑽石。

「這是怎麼回事？」海關小姐困惑至極。

她的桌上，被人用優美的英文寫下這麼一行字。

「親愛的淑女，

這是紳士的一點補償。

請別在意，收下它吧。

ps.這只是一顆被傑森拳頭握過的黑炭罷了。

亞瑟王。」

德古拉和亞瑟王兩行人走到了中正機場的馬路邊，看著眼前的車水馬龍。

「這座台灣島，果然籠罩在一片巨大的靈力之下。」德古拉瞇起眼睛。「不得了。」

「現在我們該往哪裡去？」亞瑟王站在德古拉的左方。「你吸血鬼敏銳的嗅覺，有沒有嗅出什麼味道？」

「嗅出奇怪的味道，倒是沒有。」德古拉扶了扶墨鏡。「但是，要往哪裡去，我倒是知道。」

「喔？」亞瑟王轉頭。

德古拉伸出手，他優雅細長的手指比著前方。「我想，那個東西，就是我們的領路人吧。」

「那個東西？」亞瑟王往前一看。「咦？」

在他們的面前，一個垃圾筒的旁邊，有一個大約一百公分的物體，約莫是一隻中型狗的大小。

只是，這隻外表類似中型狗的物體，振動著背後的翅膀，停在半空中。

「吼。」那物體發出一聲低吼，嘴裡還吐出一個帶有火焰的泡泡。

「火龍？」亞瑟王驚奇的說。「連第九層地獄裡面，都幾乎要絕種的火龍，竟然會出現在這裡？」

火龍搖了搖滿是鱗片和尖刺的尾巴，若不是它年紀尚小，不然它可能是一隻可以毀滅半個城市的可怕惡魔。

也因為牠體型嬌小，所以就算牠此刻飛在空中，也不會有普通人類懷疑什麼，只有偶而經過的小孩比著小火龍，說：「媽媽妳看，那個玩偶會飛！」

而部份母親都會有這樣的反應，她會按住小孩的頭，把小孩的頭給「橋」回來。說：「孩子別傻了，那是玩具公司的噓頭，如果不是噓頭那一定是詐騙集團！」

也有母親會這樣反應。「火龍？什麼火龍？下次你月考數學考一百分，就買一隻火龍給你！」

或者說，有的母親會這樣說：「小孩子不要說謊！說謊是不對的！你又不是駙馬爺，不可以說謊的！」

不過，相同的情況，對德古拉這些在靈界身經百戰的高手來說，可就不是那麼一回事了。

德古拉端詳著這隻地獄來的小火龍：「是啊，牠的確是一隻火龍，而且，從牠身上還有我們老朋友的味道。」

「喔？老朋友？」亞瑟王看著小火龍，沉吟道：「你是說，地獄列車上的……」

「沒錯。」德古拉微笑。「這小火龍身上有著濃厚的……阿努比斯味道！」

最後一章《收尾》

「嗨。」黑暗的房間中，一個男人正翹起二郎腿，痞痞的坐著。

他穿著一身寬大的T恤，短褲頭，腳趾頭上掛著搖搖晃晃的藍白拖鞋。

他當然是土地公。

「這一集，我都沒有出場哩。」土地公搖頭，染過的淺金色頭髮，輕輕搖著頭。「怎麼會這樣呢?作者究竟在搞什麼啊!」

「不過，我可以偷偷透露一下，地獄系列下一部的內容。」土地公說到這裡，原本嬉皮的笑容突然收斂。「有一個非常重要的人，會死。」

然後，土地公站了起來，拉起椅子，往背後的一片黑暗大步走去。

下期再會了，朋友們。

The End

國家圖書館出版品預行編目資料

地獄系列. 第四部, 地獄殺陣 Div 著.-- 初版.
-- 臺北市：春天出版國際，2006 [民95]
面； 公分. --（奇幻次元；14）
ISBN 978-986-7135-88-9（平裝）
857.83 95017865

奇幻次元 14

地獄殺陣

作 者◎Div
企劃主編◎莊宜勳
封面繪圖◎Blaze
封面設計◎小美@永真急制workshop
美術設計◎陳偉哲

發 行 人◎蘇彥誠
出 版 者◎春天出版國際文化有限公司
地 址◎台北市忠孝東路四段303號4樓之1
電 話◎02-7733-4070
傳 真◎02-7733-4069
E-mail◎frank.spring@msa.hinet.net
網 址◎http://www.bookspring.com.tw
部 落 格◎http://blog.pixnet.net/bookspring
郵政帳號◎19705538
戶 名◎春天出版國際文化有限公司
法律顧問◎蕭顯忠律師事務所
出版日期◎二〇〇六年十月初版一刷
二〇二一年九月初版三十三刷
定 價◎199元

總 經 銷◎楨德圖書事業有限公司
地 址◎新北市新店區中興路二段196號8樓
電 話◎02-8919-3186
傳 真◎02-8914-5524
印 刷 所◎鴻霖印刷傳媒事業有限公司

ISBN 986-7135-88-1
ISBN 978-986-7135-88-9
Printed in Taiwan

S P R I N G

每一本好書都是一顆種子，
春天播種在你的心田夢土上。

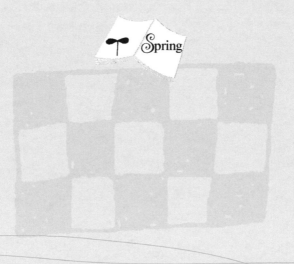

S P R I N G

每一本好書都是一顆種子，

春天播種在你的心田夢土上。

Spring